拉砂路

桑克詩選

桑克 著

《中國當代詩典》第二輯　總序

朝向漢語的邊陲

楊小濱

　　中國當代詩的發展可以看作是朝向漢語每一處邊界的勇
猛推進，而它的起源也可以追溯出頗為複雜的線索。1960年代
中後期張鶴慈（北京，1943-）和陳建華（上海，1948-）等人
的詩作已經在相當程度上改變了主流詩歌的修辭樣式。如果說
張鶴慈還帶有浪漫主義的餘韻，陳建華的詩受到波德萊爾的啟
發，可以說是當代詩中最早出現的現代主義作品，但這些作品
的閱讀範圍當時只在極小的朋友圈子內，直到1990年代才廣為
流傳。1970年代初的北京，出現了更具衝擊力的當代詩寫作：
根子（1951-）以極端的現代主義姿態面對一個幻滅而絕望的世
界，而多多（1951-）詩中對時代的觀察和體驗也遠遠超越了同
時代詩人的視野，成為中國當代詩史上的靈魂人物。

　　對我來說，當代詩的概念，大致可以理解為對以北島
（1949-）和舒婷（1952-）等人為代表的朦朧詩的銜接，其轉
化與蛻變的意味值得關注。朦朧詩的出現，從某種意義上可以
看作官方以招安的形式收編民間詩人的一次努力。根子、多多
和芒克（1951-）的寫作自始未被認可為朦朧詩的經典，既然
連出現在《詩刊》的可能都沒有，也就甚至未曾享受遭到批判
的待遇，直到1980年代中後期才漸漸浮出地表。我們應該可以
說，多多等人的文化詩學意義，是屬於後朦朧時代的。才華出

眾的朦朧詩人顧城在1989年六四事件後寫出了偏離朦朧詩美學的《鬼進城》等傑作，不久卻以殺妻自盡的方式寫下了慘痛的人生詩篇。除了揮霍詩才的芒克之外，嚴力（1954-）自始至終就顯示出與朦朧詩主潮相異的機智旨趣和宇宙視野；而同為朦朧詩人的楊煉（1955-），在1980年代中期即創作了《諾日朗》這樣的經典作品，以各種組詩、長詩重新跨入傳統文化，由於從朦朧詩中率先奮勇突圍，日漸成為朦朧詩群體中成就最為卓著的詩人。同樣成功突圍的是游移在朦朧詩邊緣的王小妮（1955-），她從1980年代後期開始以尖銳直白的詩句來書寫個人對世界的奇妙感知，成為當代女性詩人中最突出的代表。如果說在1970年代末到1980年代初，朦朧詩仍然帶有強烈的烏托邦理念與相當程度的宏大抒情風格，從1980年代中後期開始，朦朧詩人們的寫作發生了巨大的轉化。

　　這個轉化當然也體現在後朦朧詩人身上。翟永明（1955-）被公認為後朦朧時代湧現的最優秀的女詩人，早期作品受到自白派影響，挖掘女性意識中的黑暗真實，爾後也融入了古典傳統等多方面的因素，形成了開闊、成熟的寫作風格。在1980年代中，翟永明與鐘鳴（1953-）、柏樺（1956-）、歐陽江河（1956-）、張棗（1962-2010）被稱為「四川五君」，個個都是後朦朧時代的寫作高手。柏樺早期的詩既帶有近乎神經質的青春敏感，又不乏古典的鮮明意象，極大地開闢了漢語詩的表現力。在拓展古典詩學趣味上，張棗最初是柏樺的同行者，爾後日漸走向更極端的探索，為漢語實踐了非凡的可能性。在「四川五君」中，鐘鳴深具哲人的氣度，用史詩和寓言有力地

書寫了當代歷史與現實。歐陽江河的寫作從一開始就將感性與理性出色地結合在一起，將現實歷史的關懷與悖論式的超驗視野結合在一起，抵達了恢宏與思辨的驚險高度。

後朦朧詩時代起源於1980年代中期，一群自我命名為「第三代」的詩人在四川崛起，標誌著中國當代詩進入了一個新階段，1980年代最有影響的詩歌流派，產自四川的佔了絕大多數。除了「四川五君」以外，四川還為1980年代中國詩壇貢獻了「非非」、「莽漢」、「整體主義」等詩歌群體（流派和詩刊）。如周倫佑（1952-）、楊黎（1962-）、何小竹（1963-）、吉木狼格（1963-）等在非非主義的「反文化」旗幟下各自發展了極具個性的詩風，將詩歌寫作推向更為廣闊的文化批判領域。其中楊黎日後又倡導觀念大於文字的「廢話詩」，成為當代中國先鋒詩壇的異數。而周倫佑從1980年代的解構式寫作到1990年代後的批判性紅色寫作，始終是先鋒詩歌的領頭羊，也幾乎是中國詩壇裡後現代主義的唯一倡導者。莽漢的萬夏（1962-）、胡冬（1962-）、李亞偉（1963-）、馬松（1963-）等無一不是天賦卓絕的詩歌天才，從寫作語言的意義上給當代中國詩壇提供了至為燦爛的景觀。其中萬夏與馬松醉心於詩意的生活，作品惜墨如金但以一當百；李亞偉則曾被譽為當代李白，文字瀟灑如行雲流水，在古往今來的遐想中妙筆生花，充滿了後現代的喜劇精神；胡冬1980年代末旅居國外後詩風更為逼仄險峻，為漢語詩的表達開拓出難以企及的遙遠疆域。以石光華（1958-）為首的整體主義還貢獻了才華橫溢的宋煒（1964-）及其胞兄宋渠（1963-），將古風與現代主義風尚

奇妙地糅合在一起。

毫不誇張地說，川籍（包括重慶）詩人在1980年代以來的中國詩壇佔據了半壁江山。在流派之外，優秀而獨立的詩人也從來沒有停止過開拓性的寫作。1980年代中後期，廖亦武（1958-）那些囈語加咆哮的長詩是美國垮掉派在中國的政治化變種，意在書寫國族歷史的寓言。蕭開愚（1960-）從1980年代中期起就開始創立自己沉鬱而又突兀的特異風格，以罕見的奇詭與艱澀來切入社會現實，始終走在中國當代詩的最前列。顯然，蕭開愚入選為2007年《南都週刊》評選的「新詩90年十大詩人」中唯一健在的後朦朧詩人，並不是偶然的。孫文波（1956-）則是1980年代開始寫作而在1990年代成果斐然的詩人，也是1990年代中期開始普遍的敘事化潮流中最為突出的詩人之一，將社會關懷融入到一種高度個人化的觀察與書寫中。還有1990年代的唐丹鴻（1965-），代表了女性詩人內心奇異的機器、武器及疼痛的肉體；而啞石（1966-）是1990年代末以來崛起的四川詩人，以重新組合的傳統修辭給當代漢語詩帶來了跌宕起伏的特有聲音。

1980年代的上海，出現了集結在詩刊《海上》、《大陸》下發表作品的「海上詩群」，包括以孟浪（1961-）、郁郁（1961-）、劉漫流（1962-）、默默（1964-）、京不特（1965-）等為主要骨幹的以倡導美學顛覆性及介入性寫作風格的群體，和以陳東東（1961-）、王寅（1962-）、陸憶敏（1962-）等為代表的較具學院派知性及純詩風格的群體，從不同的方向為當代漢語詩提供了精萃的文本。幾乎同時創立的

「撒嬌派」，主要成員有京不特、默默、孟浪等，致力於透過反諷和遊戲來消解主流話語的語言實驗，也頗具影響。無論從政治還是美學的意義上來看，孟浪的詩始終衝鋒在詩歌先鋒的最前沿，他發明了一種荒誕主義的戰鬥語調，有力地揭示了歷史喜劇的激情與狂想，在政治美學的方向上具有典範性意義。而陳東東的詩在1980年代深受超現實主義影響，到了1990年代之後則更開闊地納入了對歷史與社會的寓言式觀察，將耽美的幻想與險峻的現實嵌合在一起，鋪陳出一種新的夢境詩學。1980年代的上海還貢獻了以宋琳（1959-）等人為代表的城市詩，而宋琳在1990年代出國後更深入了內心的奇妙圖景，也始終保持著超拔的精神向度。1990年代後上海崛起的詩人中最引人注目的是復旦大學畢業後定居上海的韓博（黑龍江，1971-），他近年來的詩歌寫作奇妙地嫁接了古漢語的突兀與（後）現代漢語的自由，對漢語的表現力作了令人震驚的開拓。還有行事低調但詩藝精到的女詩人丁麗英（1966-），在枯澀與奇崛之間書寫了幻覺般的日常生活。

　　與上海鄰近的江南（特別是蘇杭）地區也出產了諸多才子型的詩人，如1980年代就開始活躍的蘇州詩人車前子（1963-）和1990年代之後形成獨特聲音的杭州詩人潘維（1964-）。車前子從早期的清麗風格轉化為最無畏和超前的語言實驗，而潘維則以現代主義的語言方式奇妙地改換了江南式婉約，其獨特的風格在以豪放為主要特質的中國當代詩壇幾乎是獨放異彩。而以明朗清新見長的蔡天新（1963-）雖身居杭州但足跡遍布五洲四海，詩意也帶有明顯的地中海風格。影響甚廣的于堅

（1954-）、韓東（1961-）和呂德安（1960-）曾都屬於1980年
代以南京為中心的他們文學社，以各自的方式有力地推動了口
語化與（反）抒情性的發展。

朦朧詩的最初源頭，中國最早的文學民刊《今天》雜誌，
1970年代末在北京創刊，1980年代初被禁。「今天派」的主將
們，幾乎都是土生土長的北京詩人。而1980年代中期以降，出
自北京大學的詩人佔據了北京詩壇的主要地位。其中，1989
年臥軌自盡的海子（1964-1989）可能是最為人所知的，海子
的短詩尖銳、過敏，與其宏大抒情的長詩形成了鮮明對比。
海子的北大同學和密友西川（1963-）則在1990年後日漸擺脫
了早期的優美歌唱，躍入一種大規模反抒情的演說風格，帶
來了某種大氣象。臧棣（1964-）從1990年代開始一直到新世
紀不僅是北大詩歌的靈魂人物，也是中國當代詩極具創造力
的頂尖詩人，推動了中國當代詩在第三代詩之後產生質的飛
躍。臧棣的詩為漢語貢獻了至為精妙的陳述語式，以貌似知性
的聲音扎進了感性的肺腑。出自北大的重要詩人還包括清平
（1964-）、西渡（1967-）、周瓚（1968-）、姜濤（1970-）、
席亞兵（1971-）、冷霜（1973-）、胡續冬（1974-）、陳均
（1974-）、王敖（1976-）等。其中姜濤的詩示範了表面的
「學院派」風格能夠抵達的反諷的精微，而胡續冬的詩則富
於更顯見的誇張、調笑或情色意味，二人都將1990年代以來的
敘事因素推向了另一個高度。胡續冬來自重慶（自然染上了
川籍的特色），時有將喜劇化的方言土語（以及時興的網路
語言或亞文化語言）混入詩歌語彙。也是來自重慶的詩人蔣浩

（1971-）在詩中召喚出語言的化境，將現實經驗與超現實圖景溶於一爐，標誌著當代詩所攀援的新的巔峰。同樣現居北京，來自內蒙古的秦曉宇（1974-），也是本世紀以來湧現的優秀詩人，詩作具有一種鑽石般精妙與凝練的罕見品質。原籍天津的馬驊（1972-2004）和原籍四川的馬雁（1979-2010），兩位幾乎在同齡時英年早逝的天才，恰好曾是北大在線新青年論壇的同事和好友。馬驊的晚期詩作抵達了世俗生活的純淨悠遠，在可知與不可知之間獲得了逍遙；而馬雁始終捕捉著個體對於世界的敏銳感知，並把這種感知轉化為表面上疏淡的述說。

　　當今活躍的「60後」和「70後」詩人還包括現居北京的莫非（1960-）、殷龍龍（1962-）、樹才（1965-）、藍藍（1967-）、侯馬（1967-）、周瑟瑟（1968-）、朱朱（1969）、安琪（1969-）、王艾（1971-）、成嬰（1971-）、呂約（1972-）、朵漁（1973-），河南的森子（1962-）、魔頭貝貝（1973-），黑龍江的潘洗塵（1964-）、桑克（1967-），山東的宇向（1970-）孫磊（1971-）夫婦和軒轅軾軻（1971-），安徽的余怒（1966-）和陳先發（1967-），江蘇的黃梵（1963-）、楊鍵（1967），浙江的池凌雲（1966-）、泉子（1973-），廣東的黃禮孩（1971-），海南的李少君（1967-），現居美國的明迪（1963-）等。森子的詩以極為寬闊的想像跨度來觀察和創造與眾不同的現實圖景，而桑克則將世界的每一個瞬間化為自我的冷峻冥想。同為抒情詩人，女詩人藍藍通過愛與疼痛之間的撕扯來體驗精神超越，王艾則一次又一次排練了戲劇的幻景，並奔波於表演與旁觀之間，而樹才

的詩從法國詩歌傳統中找到一種抒情化的抽象意味。較為獨特的是軒轅軾軻，常常通過排比的氣勢與錯位的慣性展開一種喜劇化、狂歡化的解構式語言。而這個名單似乎還可以無限延長下去。

　　1989年的歷史事件曾給中國詩壇帶來相當程度的衝擊。在此後的一段時期內，一大批詩人（主要是四川詩人，也有上海等地的詩人）由於政治原因而入獄或遭到各種方式的囚禁，還有一大批詩人流亡或旅居國外。1990年代的詩歌不再以青春的反叛激情為表徵，抒情性中大量融入了敘述感，邁入了更加成熟的「中年寫作」。從1980年代湧現的蕭開愚、歐陽江河、陳東東、孫文波、西川等到1990年代崛起的臧棣、森子、桑克等可以視為這一時期的代表。1990年代以來，儘管也有某些「流派」問世，但「第三代詩」時期熱衷於拉幫結夥的激情已經消退。更多的詩人致力於個體的獨立寫作，儘管無法命名或標籤，卻成就斐然。1990年代末的「知識分子寫作」與「民間寫作」的論戰雖然聲勢浩大，卻因為糾纏於眾多虛假命題而未能激發出應有的文化衝擊力。2000年以來，儘管詩人們有不同的寫作趨向，但森嚴的陣營壁壘漸漸消失。即使是「知識分子寫作」的代表詩人，其實也在很大程度上以「民間寫作」所崇尚的日常口語作為詩意言說的起點。從今天來看，1960年代出生的「60後」詩人人數最為眾多，儼然佔據了當今中國詩壇的中堅地位，而1970年代出生的「70後」詩人，如上文提到的韓博、蔣浩等，在對於漢語可能性的拓展上，也為當代詩作出了不凡的探索和貢獻。近年來，越來越多的「80後詩人」在前人

開闢的道路盡頭或途徑之外另闢蹊徑，也日漸成長為當代詩壇的重要力量。

　　中國當代詩人的寫作將漢語不斷推向極端和極致，以各異的嗓音發出了有關現實世界與經驗主體的精彩言說，讓我們聽到了千姿萬態、錯落有致的精神獨唱。作為叢書，《中國當代詩典》力圖呈現最精萃的中國當代詩人及其作品。第二輯在第一輯的基礎上收入了15位當代具有相當影響及在詩藝上有所開拓的詩人。由於1960年代出生的詩人在中國當代詩壇佔據的絕對多數，第二輯把較多的篇幅留給了這個世代。在選擇標準上，有多方面的具體考慮：首先是盡量收入尚未在台灣出過詩集的詩人。當然，在這15位詩人中，也有少數出過詩集，但仍有令人興奮的新作可以期待產生相當影響的。即便如此，第二輯仍割捨了多位本來應當入選的傑出詩人，留待日後推出。願《中國當代詩典》中傳來的特異聲音為台灣當代詩壇帶來新的快感或痛感。

目次

1990-1999

1985-1989

2010-2014

大寒

喝著熱咖啡，望著窗外的大雪，

心情愉悅──建立在寒冷或者痛苦之上。

對比而出的幸福之感，如同死映襯著生，

從容映襯著憤怒，回憶映襯著中年。

從小拖鞋到大拖鞋，從修養到修養之中

難以壓抑的肝火。而平靜──反復吟詠的漢語，

反復夢見的黎明──淡然一笑，為了

每一個人的專制與暴行，為了這一瞬間的

克制與屈辱……

2010.1.20.

修辭

將修辭才能用於文學
而非政治。政治直率一些
就夠了,猶如霧中的水滴
直接預報空氣的濕度。

而文學不妨複雜一些,
才能適應心靈之間的差異,
才能適應黑暗的深度,
並且對症開點兒草藥。

辭令的是非就不同了,
毛皮自有毛皮的功能。
而且最初的命名者不僅是
一團火焰,還可能是別的。

是什麼呢?骨肉又在何處?
複雜說:再給毛皮添點兒
血肉,猶如在渾濁的水中
添點兒芳香的玫瑰油。

似是而非，非而又是，
猶如半醉的手，時而清醒，
時而不聽大腦的使喚。
改變的只是詞義而非動機。

文學無所不能而政治有限。
這個絕對不能夠顛倒。
否則，將是無邊無際的雪，
無邊無際且永不消融。

2010.2.11.

陰天

陰天。但是看不見雲在哪裡。
或許全都是拖泥帶水的雲。

灰與黑的過渡怎麼那麼自然？
鐵絲網橫在哪裡都不合適。

灰黑之間的顏色，說出來，
又需要發明多少新鮮的詞彙？

尖銳的叫聲與陰天並不匹配，
你的情婦應是冷酷的寂靜。

雜音的構成多麼容易區分，
甜的苦的酸的敏感的操蛋的⋯⋯

疼痛呢？
哎呀呢喔唷哦哇噢吁嘍唉喲⋯⋯

2010.8.29.

痛　我離自由是越來越近了還是越來越遠了？

一個人的時候，痛處極痛；人多的時候，痛就輕了。
睡的時候，痛處極痛；醒的時候，痛就輕了。

對鄉村而言，城市是想像出來的；
對黑暗而言，更深的黑暗是從來沒有過的。

面無愧色的人並不知道驕傲是怎麼回事，
對讀者疾言厲色必定使暮色低垂。

每一頂帽子的制式都需要鑒別，
只有暴力的鋼盔是不必考慮的。

稗官野史，社論合訂本，都不可信，
可信的只有一個伯利恆人和他的主人。

老死不相往來是因為各有各的朋友，
樹的魅力並不針對花朵。

從阿爾巴尼亞到古巴，從朝鮮到中國，
每個人都會拼寫毛骨悚然這四個字。

在奢談歷史之前，先打理紀錄或回憶，
在寫小說之前，先將心靈奉獻給詩歌而非新聞。

出軌的問題可能不是地形與失眠的問題，
文化的問題可能不是裝飾與氣候的問題。

在粗線條的油畫裡，我究竟怎麼樣才能細起來？

2010.9.1.

喜訊

劉老師得了獎，
北島說，值得喝一杯，
柏樺說，是的，值得。
而我更是歡喜！

朱楓短信的隱語，
撒韜微博的自得，
夠我們吹噓一輩子的，
我們的結巴老師！

給妻子打了電話，
她說，咱們慶賀慶賀。
她買回來壽司，沙拉，
一大塊牛角麵包，

還有其他精美的
食物──靜靜地望著
分歧之中的它們，
我只想哭！

2010.10.9.

警察，警察

警察，警察，警察⋯⋯
我認識警察，抽象的警察，具體的警察，
抽煙的喝水的警察⋯⋯
打盹的微笑的警察⋯⋯

這麼多的警察，這麼多的警車⋯⋯
我認識警車，花花的警車，綠綠的警車，
唉聲的歎氣的警車⋯⋯
朝氣的蓬勃的警車⋯⋯

我記得每一位警察的容貌，
我記得每一輛警車的牌照，
我記得我不記得我的吹牛，
我不記得我記得我的小丑。

一個警察，兩個警察⋯⋯
小姪女數著自己的收藏；
一輛警車，兩輛警車⋯⋯
小姪女看著馬路的風光。

我愛警匪片，我愛動作片，
我愛但我不笑，
我愛只是記住，
記住我曾愛過的什麼什麼

還有什麼比制服更什麼
還有什麼比硬帽更什麼
什麼的什麼的什麼的什麼……
警察的警車的警察的警車……

比你更笨的人是我，
比你更精的鳥是鵝，
鵝，鵝，鵝，曲頸向天歌，
哥，哥，哥，咱倆喝一個。

喝一個，走一個；
走一個，少一個。
叔叔拿著錢，對我把頭點，
我高興地說了聲，叔叔，再見。

再見，警察叔叔，

再見，警車伯伯，

再見，秋天，

再見，又一個秋天。

2010.11.7.

記者，記者

討厭的記者，名不副實的記者，
報導員，通訊員，各種各樣的綽號，
各種各樣的別稱，彆扭……
無冕之王，無冕狗屁，沒有帽子的
禿驢，沒有帽子的山水……

覺悟的清醒的在泥濘之中
掙扎的記者，在熱血之中燃燒的
冷靜的記者，選擇一個恰如其分的
名詞，把形容詞捆吧捆吧扔到
河溝裡邊，苗條的形容詞，肥胖的形容詞……

悲喜交加的雨夾雪，悲喜交加的工作，
自豪的昧著良心的矛與盾，誰贏了誰就是悲哀，
誰贏了誰就是後娘養的。

粗口不能出現在本報評論員的
筆下，狡猾必須在專欄作家的呼吸之中
湧現，本報訊寫多少遍變成通訊？
真理寫多少遍變成什麼什麼……
謊言是你說的，我什麼都沒說。

換過四個記者證，上過無數次
出示證件才能上的廁所，無數個
軟席候車室，無數個列車長的臉⋯⋯
無數個嫵媚的猙獰的可憐的臉⋯⋯
哪個單位的？滾出去不是侮辱⋯⋯

喜悅的跳著狐步舞的記者，領著
紅包泡著大紅袍的記者，絲製內衣寫著
編輯的名字，美麗的女編輯的名字，
高高的身條，白皙的小腿，纖細的手指，
敲著鍵盤，敲著正義鋼琴的低音區⋯⋯

然後唱歌，理想主義的小夜曲，功利主義的
吉他曲，拜金主義的打擊樂，詩人的爵士，
作曲家的股票，畫家的房地產，藝人的功夫⋯⋯
飛簷走壁的月光，跳樑小丑的悲傷⋯⋯
在你心中，記者，記錄的人，記錄的小野獸⋯⋯

記下了什麼？問號多麼偉大，
嘆號多麼可恥，刪節號或者省略號是
悲哀的兩個側面，間隔號的浪漫

你又瞭解多少？黑暗之中的路燈的光澤，
星光並不原諒膽小的良知，並不原諒

過渡的妥協性，搏鬥，或者自己把
自己摔倒，摔倒，摔倒，摔倒……

2010.11.8.

天安門廣場上的雨

「天安門廣場上的雪……」
不妥……塗掉！鋼筆痕跡的
螺旋線纏繞，彷彿蛇蝮形鐵絲網的
平面圖，而且你中有我，我中有你……
憑什麼？煩躁的火苗忽遠忽近地燎著。
近，自然是近的，而遠並不很遠——
突然毫不猶豫地撕紙，撕掉盛載字的
紙張的廣場，順便揉一揉……
注意，在「順便」出現的時候停留一會兒。
蛇蝮形鐵絲網在紙團裡更加混亂，
字呢？可能正在羨慕灰燼的徹底吧。
紙團飛行，「以墜毀的方式」降落……
重新開始。「天安門廣場上的雨……」
行了。

「天安門廣場上的雨下著下著……」
是水降落，降落……連成一線還是
斷斷續續？彼此之間的空隙可以駐足
一匹駱駝還是一根繡花針？
「……下著下著……下著雨……」
站在傘下，建築物正在模糊，公共汽車

彷彿汽化了，後半部分的拉絲效果與背景接近……
磚縫的泥嘲笑被擠兌而出的砂礫，
然後它也遭到雨水的清洗……
砂礫還餘骨頭，泥呢？
「那麼多的水下著下著……」
如果沒有雨具，臉上就會落滿雨水。
哭不出來就用雨滴代替？在淋浴噴頭下撒尿的孩子，
淡黃的溫水掩護不了你赤紅的尿液！

「下著雨，聽著雨的聲音……」
那麼多的雨，不是挑釁。那麼多的呻吟，
比附什麼都不合適。雨聲，哦，雨聲，
多麼抽象的咳嗽──誤會了，你的原聲全都被碰擊
　　物的
撞擊聲遮蔽。
是大理石的聲音，是地磚的聲音，甚至是柔軟的草
　　的聲音……
是空氣的聲音──在空中你這麼呼喚。
你的原聲就是沉沒。不相信！是極低的嘟嚕聲？
應該具備更加靈敏的耳朵！
應該儲備更加精細的儀器！
那些物質，人類以為沉默的，仍然發出極低的絮語：

「天安門廣場上的雨……」

天是一大塊青灰色的鐵皮，

如果雨水倒流，那麼……那麼……喜悅……

「雨在下著，風在搗亂……」

道德詞慎用。議論也是如此。那麼抒情免責，

彷彿一個腴胸疊肚的外交官？

人聲，攝影機的轉動聲，呼吸的聲音，衣袂帶動

空氣的聲音……全在寬恕之列……

只有雨在承擔雪的責任。

二列椿鐵絲網，屋頂形鐵絲網，菱形拒馬，樹幹鹿

　　　砦……

那些樹是什麼樹？松樹……楊樹……

無非就是這些嚴肅的青皮傻瓜，

與雨門當戶對……沒詞兒了，就想起省略號……

「你忘了嗎，雨的舊稱？」

我沒忘，沒忘……省略號的舊稱是……刪節號……

英文裡有麼？Dots…省略得少…刪節得少…

「猶如橫向的雨滴………………………」

2011.3.28.

施密特

見不得壞人壞事，
說了就光明了。

沒想過壞人的瓶子裡裝著什麼溶液？
沒想過怎麼建立僕人的倫理？

你見過多少淒慘的幽默？
你見過多少出軌的綠皮火車？

使用問號的人與使用句號的人是不一樣的：
門裡的一張嘴巴；加上反犬旁就是一種動物。

在幼稚園見識過求助者，
而後求助者一揮魔杖變成邀寵者。

合法的煙花噴向空中，
多美，多爛的煙花又消失在空中。

北斗七星圍著北極星旋轉，
裡面的水舀起來又倒出去。

彷彿西西弗，
彷彿你謙卑的身段兒。

怎麼可以並提呢？
流行的網路明信片粗魯而準確。

給你合適的位置：
在可憐與可恨之間。

給你一個關於顛覆的想像機會：
你醒了，或者投身新的秩序。

與以往一樣，
只不過河水變甜了，你跟著甜了。

蜉蟲沒有撓爛你的中樞神經，
塑膠齒輪磨出的不是火花，而是碎屑。

我也發現我的惡毒，
所以活該曬在你的清單。

你微笑著為希夫人拉開鐵門，

脫帽，致敬，向著灰塵。

2011.7.13.

窮

我其實不算是個窮人，
有房子（正在還貸），沒車（出過車禍），有一份
　　體面的工作，
但我卻覺得我挺窮的（不是指我的靈魂）。

能坐巴士的時候不坐出租；
能吃麵條的時候不吃漢堡。
看週二上午的電影，買網店出售的圖書。

好像一條精明的黃花魚，明白
喝什麼樣的礦泉水更經濟，
看什麼樣的小風景更合適。

你是一個既得利益者（我知道，我知道）。
你是貪婪，你是欲望，你是一個俄國人（我不承
　　認）。
你是指權利……（大約……可能……）

我就是覺得我挺窮的。

不敢花錢。今天花了，明天怎麼辦？

就是說我憂慮我的未來。

2011.7.23.

白天和夜晚

年輕的時候你不寫詩，
你就等於沒有青春，
你就等於廢了。

我寫詩也等於廢了，
彷彿一棵誇誇其談的楊樹，
白天葉子嘩啦啦的發言，
晚上葉子沉沒。

你的生活全是想像。
伏特加，機票，電貝斯，
半死不活的瘋狂。

我的生活是一件
虛構的紀念品。
今天添一個金屬的扣眼兒，
明天添一把小刀的劃痕。

你的表情與被教育的時候
一個德性，與在豆瓣隱居的時候
一個操性。嘿，中產階級姑娘。

我破壞的東西，

我建設的東西，

下午，滿腦子都是名字的倒睫毛，

我像盯著水中倒影的洋蒜。

你想著解散的樂隊，

火車上的戀愛，在黑暗的隧道裡，

招貼上的星辰永不降落。

我庸俗，朝九晚五。

只在生病的時候，才碰一碰

禁忌的電網，火燒火燎的

野獸的汗毛。

靠近你的恐懼吧，

靠近你的問題，

在馬眼裡，給悲傷提供證明。

騎著單車，

在心靈的胡同裡耍雜技，張開雙手，

想著，和人在一起，
還是和風在一起？

2011.8.4.

下著雨

下著雨，
下著禁令，
只有一種標點符號，
不是省略號……
是刪節號……

如同雙胞胎姐妹，
各有各的性子，
甚至相反，
如同摩尼教……
要吃多少生菜？

下著雨，
下著悲傷的刀子，
心熱的人，
身子涼了，
篩子眼兒一樣的涼點兒……

接住了雨，
接住了不許，
按住忐忑的版面，

按住小辮的頭，

小薊的鍵盤……

為了你好──

不是美好，而是安全。

我是你親爹。

坑爹的不行，

下雨的行。

下著雨，

悲涼的雨，

降低暑氣的濃度，

升值清醒的股東，

哦，清醒。

清醒地睡，

糊塗地醒，

夢見的人做夢，

混帳的邏輯

又是多麼清晰……

所以下著雨，

劈裡啪啦，

淅淅瀝瀝，

沒完沒了，

堵著地漏，我們看海去……

2011.8.29.

稗草

你們以為團結在一起，
就能成為向風示威的鞭子，
把風撕碎而不是被風
把頭撥過來撥過去。

其實外行看見的壯觀
並不能減輕你們因屈辱而造成的痛苦，
如果把聲音加進來，
更大的外行也會把眼淚拋出來。

你們掙扎的痕跡可能僅僅
體現在草葉弓起的瞬間，
如果不曾注意，鬥爭也就泯滅在
無窮無盡的偽裝的寂靜之中。

知根知底的泥土，
曾經傾聽過你們祕密的決心，
你們不要把他們當作你們的友人，
天暮時分，他們一定會斷然抽去你們的水分。

在這短暫的旅行之中，

清醒地意識到生命的結束也就行了。

重生的彷彿是你們，

其實根本不是你們。

沒有安慰──

現在就可以冷冰冰地告訴你們，

那麼還可以做點兒什麼？

欣賞彼此的色澤如何巧妙地向天色轉換。

2011.9.14.

立冬

沒有大片的積水，
也就看不到薄冰，
看不到見證。

柳葉還在喘氣，
不肯把句號合攏，
猶如年邁的病人。

臉頰的微光，
顯示永恆的希望，
不管現在還是輪迴。

鄉下的樹木，
全被奪去了衣服，
奪去了財富。

骨頭沒有好看的，
掛著半黃半綠的殘肉，
在風中搖頭。

每到這個日子，
就集中爭論騙人的藝術，
聯想拴著鉸鏈的木門

通向哪裡？
城市還是林中小路？
童年還是熱血青春？

而今湖面凍住
張大的嘴巴，
彷彿驚悚片的劇照。

我也想做一個隱士，
藏在鐵皮裡，
等著烈士衝鋒。

把腦袋洗了幾次，
都沒有洗淨。
總有不合時宜的頭皮。

提醒還是暗示？

象徵還是隱喻？

現實就是風景。

2011.11.8.

辛卯臘月廿八謁禹州無梁鎮龍門村盧照鄰墓

生於萬物之後不為緩……

——盧照鄰〈釋疾文〉

得成比目何辭死，願作鴛鴦不羨仙。

——盧照鄰〈長安古意〉

哪裡來的火氣？
不知源於不察。
但是緋紅的證據確鑿，
顯示深邃的問題。

而表面是那麼的平靜，
那麼的從容，
幾乎就是許由的影子，
霧霾的影子，

刺激著鼻翼，
而身形隱約於冬小麥的青碧之中。
蒙灰的槐樹，
底部短粗而虯枝張揚。

荒涼的具茨山，
春夏該有怎樣的膚色？
而穎水的支流，
呈現一如往昔的淡綠。

荒蕪的楊樹，
從宋元的山水之中顯影，
而昏漠之中，
是狀如小山的墓塚。

蔓生的灌木，
蛋黃的衰草，
夯土的痕跡，
迎合著冬日的冷風。

泡桐無葉而結著細果，
你活著的時候就已躺在墓中。
永恆早已夢碎，
世俗索要人命。

墓頂雙洞，

一舊一新，

洛陽鏟的印痕，

實在不解你的生平。

忽然飄起清雪，

心中不免暗驚：

是你的魂魄

與我的拜謁呼應？

四十就是晚年，

四川更是舊夢。

抱負俱是空的，

朋友全是真的。

同遊者四：

記錄影像的楊銘，

她的堂弟雨川和四孀，

當地的書記王法亭。

各有各的感喟，

惟我和楊銘迷戀山坡之上赭黃的土堆。

在不捨中辭別盧墓，

雪忽然停了下來，

更讓我吃驚：

靈魂肯定是有的，

而且總是驕傲地與時風錯開，

而自傷何如一望悠然？

2012.1.27.

辛卯臘月廿七謁郟縣茨芭鄉蘇墳村蘇軾墓

人生無離別，誰知恩愛重。

　　　——蘇軾〈穎州初別子由二首〉

八天前是你的生日（975歲），
這是林語堂在《蘇東坡傳》裡記載的日期。
而我意外來到你的墓園，
全賴楊銘堂兄楊民的厚意。

石馬，石羊……
都是完整的，
只有石人，
缺了左邊的一個。

兩株宋柏，
早已進化，
變成祈福的吉祥物，
佑死而不佑生。

蘇家的歸宿
都在這裡嗎？

這裡只有蘇老泉的衣帽，
只有空曠的冬日的涼風。

冷清與寂靜，
不是求來的，而是被迫獲得的，
正如你的遷徙。
你是否羨慕吳復古的自由？

王介甫尚存一點兒
知識份子的優雅，
而章惇，而章惇，
實在與敦厚風馬牛不相及。

繞過陰暗的饗殿，
一列你們父子的墳丘。
右邊是你的，
你的保護神與你在一起嗎？

朝雲葬在惠州，
如今的亞洲工廠。

你和蘇轍的友誼，
早已超越兄弟之情。

喝不了多少酒，
卻又嚮往酒醉的境界。
而我只有前者，
甚至乾脆反對酒的德政。

側柏森森，
全都向北傾斜，
是誰推彎的？
還是在聆聽什麼？

簌簌然，
落起雪來。
是因為我的來臨？
還是氣候的偶然？

大風也跟著來了，
婆娑的柏葉在混沌的灰色之中

邀請更多的聚會，

而不是驚恐。

墓饅弧面的禾木，

彼此談論著來往的俗人。

而我，更是喜悅

多於悲傷，

多於廣慶寺的竹子。

斑鳩在人的腳步聲中，

撲喇喇飛起，

又撲喇喇落在屋脊的六獸之間。

你的造像，還是官方的樣子。

做多大的官，做多大的事？

還是寫幾首詩，

抒情重於歷史？

天色昏漠，

雪不住地落著，

軟土向稀泥轉化，
而我益趨明朗。

同遊者四：
楊銘，楊民，
還有計算天干地支的雨川，
陪伴多時的風雪。

離了墓園，
雪驟然停下。
我不得不信：
你知道了我的未來。

2012.1.29.

終歲無公事，隨月有俸錢。

——白居易〈中隱〉

壬辰正月初二謁洛陽香山白居易墓

離洛陽這麼近，
又沒有深刻的關聯。
晚年都是如此吧，
遠近在一水之間。

伊水多麼綠，
而近岸鑲著黃色的漣漪，
多麼刺激！
八節灘隱身於平靜。

極薄的半透明的冰皮，
瑣碎的犬痕似的落雪，
香山寺改了幾回容貌，
才把記憶鎖在想像裡？

潛溪寺奉先寺，
佛面半暗半明。

龍門山的石龕，
不少裝著空虛。

和尚一個未見，
不相干的人倒是一群一群，
還有無葉的岸樹，
荒蕪的岩隙飛蓬。

香葛的氣味不曾與聞，
也不知誰是它的真身。
無知有知咫尺天涯，
誰能相信活的聖人？

冬天看到的景色，
可能只有這些。
如果生了爐子，
溫了黃酒，

想必豁然生色，
那蕭索也就有了

美學的鄉愁，

如同袖珍青谷的迷惑。

池水結了琥珀似的冰，

細竹，側柏，石碑，

簇擁少傅靈魂的居所。

沒有下雪，而是起風。

颯颯的寒風，

想必也是一種感應。

元稹死了，還有夢得，

還有退休的九老⋯⋯

為何不提為你書寫碑銘的李商隱？

我明白，但懶得

為你辯解。

年輕人只在親友之間。

並沒有敵意，

左右都是顯赫的鄰居，

大書民生與作為，
而晦澀更令人著迷。

萬萬不能相信，
關於窮病的說辭，
正如華亭鶴，
本無出世的寓意。

稀少的欲望，
釀造更多的悲傷。
閒適之必要，
只有白公曉。

2012.1.30.

矛盾與複雜

一條新鮮的帶著腥味兒的煎魚
具有管弦樂隊的風格

而花楸頭頂的蘋果
與士兵、血腥的記憶又是多麼親近

把嘎吱聲從反抗還原為
棉鞋、輪胎與雪的對話吧

興奮，喜悅，把你從陳舊的生活之中
一把撈出來！

冒著滑倒的風險
反而更能加熱你亢奮的體溫

夜越深
路燈油脂般的暗光越能顯示你的靈魂

顯示你所追求的適度的寧靜
以及對寧靜的批評

2012.3.8.

暮春

天已經亮了

我把燈關掉

隨手取下一張大樣

那面印著昨夜排版今晨出街的新聞

這面是白的

正在等我寫下關於心靈的新聞

想起那些再也見不到的去年

或者今年暮春之前的雪

（何止是雪呢？暮春之前的一切都不會再見了）

想起那些冰雕，冰建築們

正在融化，變形，主動曲解它們曾經竭力維護的人物

顯示裡面機器人似的金屬骨骼

我只是想起來

而且不想賦予他們什麼額外的意義

在公園裡或者巴士站裡

我空洞地或者看起來非常安靜地站著

又有誰知道我心不在焉

又有誰知道我正在經歷的掙扎呢

這麼想其實已經是問題了

應該無所謂或者蠻不在乎地

把右手藏在寬大的防風衣的袖口裡面

揪幾下虛無的皮

或者惡作劇似地為一個行人編幾句適合他的內心

　　獨白：

啊，毛茸茸的春天。

2012.4.6.

我的文化生活

這周天天上夜班。

每個月都會輪到──做新聞的不上夜班怎麼可以？

「奇怪，奇怪，奇怪。」

我不想爭論新聞與宣傳的差異，

我不想爭論馬克思主義新聞觀與資本主義新聞觀的
　　差異。

如果沒有坎城和法網，

沒有漢內克的《愛》和李娜──前者的《白絲帶》
　　講述暴力的起源。

那麼文體新聞還剩下什麼？

《延安座談會講話》活在我心中已經七十年。

歌劇院閃電一般地排練關於張麗莉的音樂劇。

以圍脖的轉貼或者議論與此取得平衡，

而非簡單化地稱之為精神分裂，人格分裂，而且還
　　有布羅茨基的詩，

米沃什的詩改編的音樂作品（中美合資）。

「你這個人不招四六」，東北方言的意思就是「不
　　招調」，

四六即調，可能與傳統的工尺譜有關。

還有更多的好吃的幫忙，

《舌尖上的中國》與每一個觀眾自己拍攝的《另一
　　個中國》，

欲望與真實各自守著自己的本分，

喇嘛升空彈奏《流水操》，

煮咖啡的職稱已是正高。

「我是正常的小人物。

有悲有喜，有高尚有粗俗，

喜歡乾淨的衣裳，喜歡乾淨的姑娘，喜歡乾淨的
　　食物。

只是比你多了一點兒認真，

只是比你多了一點兒嚴肅。」

電視學者幽默風趣，

偶爾講些實話和笑話，如同郭德綱和王自健，

電視劇擅長描述宮廷陰謀，

描述聰明的共產黨特工挫敗命數頹敗信仰堅定的國
　　民黨特工，

電影在吹噓中偷錢。

非常想在山水與樹木之中看見鮮貨的小人生，
或者展現精緻的猜疑或者才藝：
表揚是匿名制，批評是實名制。
在大叔與蘿莉之間重建道德的新橋：
讓每個人都舒服。

對待新一代文藝知識份子，
海軍衫和麻花辮需要提檔升級。
大學生的上層在朗誦《到祖國需要的地方去》，
大學生的下層在被窩裡安慰自己的精神與肉體，
或者研究魔獸的政治哲學。

愛國者長得醜，
說話沒有邏輯，
雄赳赳氣昂昂跨過鴨綠江。
了不得的蓋茨比，
了不起。

趁記憶還沒有篡改歷史之前趕緊把這些句子記下來，
趁照相機還沒有代替眼睛之前趕緊把這些人記下來，
記下來

記下來，這些文化生活，

記下來，這些文化人。

2012.5.31.

冬天之書

安東尼，我沒有在廚房抽煙。
我沒有背叛革命。
我想念黑龍江省的冬天，
想念那裡篩掉冷的黑雪。

荒草和亂石
構成你人生的景色。
你駕著租來的伏爾加牌小汽車，
浮蕩在粗糙的海面。

我為你把自己冰冷的身體變暖。
本想捂熱你的冷身，
但是你的冷太深了，
變得更冷不說，而且兇猛地搶奪我的體溫。

終於到了可以什麼都說的鐘點了，
我們卻無話可說。
而在什麼都不能說的時刻，
我們卻偏偏異常渴望自由交談的生活。

枯槁與樹木
果然就是這麼對稱？
一個向西，
一個向東。

紅色令人疲憊，
你們閉上雙眼。
只有短短的一秒，
你們睜開警醒。

看見你洋洋得意的謙虛，
看見你已經磨禿的鉛筆。
在昏暗而得體的講座上，
你講述深居簡出的孤寂。

按照星座與血型，
就能解釋世界。
按照星座與血腥，
就能解釋歷史。

安東尼，我沒有你書寫巨著的雄心。

我沒有你控制荒淫的機器。

我想念無緣無故的虛無，

我也想念隨時頂替乾淨的空虛。

2012.11.25.

夜宿雲居

我從寒地來，
受不了那裡的冷。
佛光山的暖寵著我，
我也受不了。

這麼多的微笑，
這麼多的燈光，
我也受不了。
我受不了這麼多的關懷。

我的戒心
仍如一把鉛墜，
但是河面
沒有一絲漣漪。

夜如此安靜，
連那雲朵也在更遠的紀念館裡。
我疲憊不堪，
就是不肯睡。

捨不得時間，

捨不得艱難而亢奮的旅行。

桌上的一排日記，

我只能看幾十頁。

鹿野苑，

就在我的對面；

真正的鹿野苑，

就在我的身邊。

講究的咖啡，

在生動的菩提葉的扇動之中；

幾層樓高的雕像，

隱約在霧社一樣的氛圍裡。

我知道我的老師

也和我一樣高興，

我在建築構件的花紋裡看見，

看見更多的歡喜。

齋堂大而空曠，

多少望而生畏

窸窸窣窣的微風，

拂過看不見的灰塵。

我的想像

沒有我這個人飽滿，

而深刻的沸水，

正在觸摸我冰封的表面。

2013.1.28.

讀臧棣〈唯有燕子為我們援引憲法叢書〉

> 這麼多年過去，街頭依然是我的遺產。
>
> ──臧棣

也是我的遺產，老臧。
是我們的共同遺產。
盡頭是沒有盡頭的，
但我們仍舊可以虛擬一個漂亮的盡頭，
像一篇小說的結尾，
不是歐·亨利的結尾，而是喬治·奧威爾的結尾。
老臧，請允許我在街頭面前悲觀一會兒。
你知道兄弟我從絕望的層次上升到悲觀的層次，
已經耗盡這麼多年積攢的妥協股票，
而且我還會繼續妥協下去，
向我們敬畏的重口味兒的神聖原則，
那就是，或者永遠是：
我喜歡熟知憲法的燕子
在我們之間盤踞的東北曠野之上盤旋。

2013.5.7.

傅雷

只有死，
才能洗刷我們的恥辱。
如果真死了，
他們就該高興了。
所以還是不甘心
不甘心啊

在那夜裡
心是那麼冷
沒有肢體
沒有知覺
兩個沒頭沒腦的幽靈
茫然地走著

飄著
在那夜裡
所有的爭吵和折磨
都已消逝在風中
只有在照片中
擁抱的雙臂才不會鬆開

親吻的嘴唇

才不會鬆開

黃色的薔薇叢中的綠椅

才不會遭遇

未來的拆遷

時間就是石頭

不會變形

不會轉換

給當年更多的智慧和運氣吧

給陰雨和雪

更多的淚水

在那夜裡

2013.6.7.

花椒的暢銷書

蔥過於低級
已經決定他的命運。
而青椒過於草率
動不動就把自己的青春
獻給茄子和臘腸。

只有花椒
在平底鍋的扶助下
將自己的麻與辣
發揮得淋漓盡致
並給批評家

致命的一擊。
黃薑根本不能分辨
他們的眼淚
是感動出的還是恐嚇出的。
大蒜瓣洞悉一切。

無論社會使命，
還是美學使命，
花椒都比任何一根

平衡木更懂得
平衡的技巧。

因為誰也不會小心
潑辣的脾氣
居然是一種
樸素而動人的面具
正如發行商所說的：

我並不是總能
摸準廚具市場的脈搏。
精鹽之所以精
就在於他比粗鹽
更有耐性。

更明白排風機
癢癢肉的中心
究竟是怎麼建築的？
既不是魚的腥氣，
也不是雨的腥氣，

而是魚腥草，
把偽娘的風格
融入對油溫的控制。
這時誰還關注花椒的舞
跳的是什麼。

2013.6.30.

悼葉世祥同學（1966－2013）

老葉，你我別再爭論
關於黑變白的可能性。
二十四年已經過去，
二十四橋已經朽爛，
而黑依舊是黑，
更不幸的是連那正被猛烈追求的白
也在變黑。

我們的回憶
全都停留在二十四年前的雨夜和雨晨。
你騎著自行車載我
穿過暴雨的街壘。
你談起我的詩和文學概論，
現實主義趨向無邊。
火藥味比汽油好聞。

比較人生的長短和輕重，
總是讓位於方言和普通話的
政治比較學。
我們都已意識到的命運之神
總是跑在我們的前面。

我被甩進深刻的午夜，

你的信是撈我的纜繩之一。

你遺憾我沒有做學問，

正如我遺憾你沒有寫詩。

在哈爾濱相聚，

你嚴肅而自得地告訴我你的未來。

你要給我和其他詩人同學

各寫一篇評論，

紀念你的青春。

老葉，我不多說什麼了，

反正將來我們還會再見。

我會把你不知道的事情全都告訴你，

尤其關於冬天的部分，

他是怎麼滑過冰面的，

我是怎麼摔了跟頭的。

你肯定會再次微笑著摟住我的右肩。

2013.7.17.

我的結巴老師

越來越想
這個雄辯的結巴。
在這個有那麼一點兒冷的
陰暗的冬天。

回憶早年的場景
只會加重傷感的分量。
到底是非理性
還是非非理性？

聯合記憶演習
源於黑板與地磚。
黑是黑暗的黑，
地是地下的地。

語文測試正在
逐年拔高氣溫；
而你的成熟卻
藏於生鐵之門。

深淵的深度……
太深了就是崩潰，
而我不忍再寫的氣息
往往就是窒息。

評論範圍早已
超越辦公室政治的橫欄，
而同志式集會
修改著古舊雜誌的插頁。

這輩子都不可能
世故與精於計算，
只能類似暴雪那樣的提醒者，
狂風那樣的批判者……

2013.12.19.

路邊社新年賀辭

我想我應該為舊年寫點兒什麼。

是應該而不是必須。

是為舊年而不是什麼新年。

因為新年早晚變舊，新年早晚都會因為反復撫摩的
　　手指而變黑。

我數落這一年之中的冷。

我想因為年底喜慶的到來而寬容它們的人並不是我。

經過便諒解是你的風格不是我的。

我寧可與烏鴉一起喝卡度的白咖啡。

那些更細微更細膩的痛苦

我自然不會逐格回顧，自然不會從中

找出值得慶祝的酒盞。

我趴在蒙霜的玻璃上望著熱鬧的舞會。

我的合法性是誰賦予的。

肯定不是馬和蛇和魚混合的怪物。

我向你的新聞吹白色的風。

我向你的紅色暴雪吹藍色的蒸汽。

我必須在午夜十二點之前寫下這首詩。

我必須散步從軍艦停泊的碼頭開始。

我抱住一棵楊樹痛哭。

我在心底反復描摹垂頭喪氣的人物和被剝掉包皮的
　　　任務。

我敢在活著的時候小聲地嘀咕自由的筆劃是多少。

同時把膩煩的柴油注入這個由冰和雪聯合統治的
　　　國度。

我踩著冰刀在曠野之上飛行。

冰刀必然劃開空氣的岑寂。

我不指望未來能有興趣打量

這個略帶孤憤的即將消逝的長夜。

我不指望你能真正瞭解這些被反復誤解和被反復曲
　　　解的

黑暗的水中音樂。

我只能現在就為未來的自己訴說晦澀的辯解。

而將來的邊界必然多餘。

牛羊相信自己的揣摩與推理。

狐狸相信揪住一句話就可以顛覆一切。

所以我還是要祝賀靠不住的新年。

祝賀每一個糊塗蛋和每一個聰明人。

祝賀牡蠣嚴守自己的心靈祕密。

祝賀蒸汽機車把不高興撒出去。

我祝自己繼續像舊年一樣能夠生存。

繼續像一個標準新時代裡的一個標準的陳舊的人。

繼續吃豬肉和豆腐，繼續失眠和寫詩。

繼續像新年交響樂的一個偶然的停頓。

2013.12.31.

紀念大姐

不知如何宣洩悲痛。
海水又冷又鹹。硫酸腐蝕陳雪
冒著吱吱吱的白煙。
凌晨以不安呼應長夜的野蠻。

正值大寒。但零下二十五度對我來說
幾乎就是溫暖。姐姐對家庭和社會的微弱抱怨
反復捶打凍得異常結實的冬天。
冰塊真是滾燙的——姐，我明白。

我們沒有一起生活過。
一生只見了有限幾面。
但你卻是我少年時代的收信人之一，
保存著我天真的想像和精神。

你是我的長姐。又不僅僅是。
從今以後我仍舊會在心裡繼續給你寫信，
正如童年的時候我經常望著西天的金星
對著想像之中的你自言自語。

我只能把你保存在我的詩中。
而不是僅僅保存與你同天離世的奧黛麗‧赫本。
你比偉大的阿巴多更加偉大,姐。
我曾經反復描摹過你神祕的未來。

姐,死亡不僅僅是解脫,而且是
去和其他先行者相聚,六子哥、二姐……
我們的舅舅,還有你珍愛的冬子……
我們還會流淚,不僅是為了難過

不僅是為了病痛和麻煩,
而是為了對生活剛剛產生的新的理解。
冬天對我們東北人來說意味著什麼?
是它讓我們的一切保持新鮮。

2014.1.21.

怕過年

怕過年。
不是怕時間。
以前我怕，現在不怕。
而且不怕時間的結束。
深刻的恐懼
從歡樂的表皮冒出來。
多少美食，
多少伸向腋窩的手
都不能使我快樂，
反而讓我噁心。
我不合群，
不合時宜。
我知道我討厭。
我知道我荒涼，
我知道我煙捲，
我的怕。
怕過年甚於彩色電視
強行塞給我的
關於社會的認知。
鐵刀和蘇聯戰歌。
怕的太多了，

似乎勇敢了。

其實並非如此，

仍舊是怕，擔心。

極樂寺的僧侶

怎麼看文化家園的煙花？

我的混亂。

積雪，街壘的雪，

被燈光的笑臉映紅。

必須笑。

我知道。

我勉強地笑。

不樂意。

並非因為長姐十天前……

沒有看到這個所謂的新年。

不是。

我怕的東西

不會因為新年而消逝。

新年只是蔑視。

憐憫我的怕。

我的怕。想像你的

不怕的生活，法國或者

體育學院的暗夜。

在更高的冷空中，

冷笑的靈魂也在歡聚。

憐憫我的怕。

怕過年。一個人孤單。

一群人孤獨。

心裡煩。

但表現平靜。

表現平靜。

我比平日更平靜，

足以掩飾

尖銳的怕，對舊曆新年

無法掩飾的恐懼。

2014.1.30.

馬

──為ＭＲ・ＬＩＫＵＮ96周歲生日而作

風雪潦草地記錄
山川的回憶與控訴。
你的平靜源於暴躁，
源於論語的描述。

我對你缺乏瞭解，
而之前完全不瞭解。
你的習性你的歷史，
對我全是填空。

其實我們並不能
在這杯虛擬的壽酒之中，
傾注未經修改的小幸福，
傾注早期的新鮮。

你和母親的婚姻，
你和子孫的關係，
我不能遵循血緣與政治的鐵律。
我只能自給自足。

人老奸，馬老猾。
而你人馬合一的中國智慧
仍舊不能抵擋暗夜的攻擊。
看不見你的悲痛，

究竟藏在哪裡？
藍帶啤酒和豬頭肉究竟代表著
十六毫米的時代黑白還是
北大荒的曠野之風？

從凌源到承德。
從撫順到興凱。
從步槍到標語。
從芍藥到啤酒。

關於嬴政的個人風格，
沒誰比你更瞭解；
對於田野的改革方案，
沒誰比你更內行。

沒必要書寫頌歌。
你看出來了，我對反諷力量的重估
正在篡改你的農場人生之書。
草料僅僅是草料。

馬廄與韁繩，
嘶鳴與低哼，
能拍多少部《還魂記》？
能寫多少部《蝴蝶夢》？

我沒有冷的衝動。
我只有一動不動的冷的本身。
同情多於批評，
理解多於憤怒。

性別角色與家長作風
並不是我關心的主題。
我聽進去的也不是什麼選擇以及
供養縮手縮腳的黎明。

我想問父親：
你究竟有沒有過困惑？
究竟有沒有過完全屬於個人的異見？
我保證不說。

我保證你的記憶
會不斷修正我的歷史學儲備。
而你和母親關於故鄉的交談
構成茂盛的陌生。

惡毒與溫情共存，
權利與瑣屑聯姻，
我在不假思索的常規化的玻璃窗中，
辨認虛構的鄉村。

2014.2.9.

假借文明的合唱與假借正義的獨唱

特寫從戴著左拉面具的勳章開始，
而非正在試圖解放鄉村的黃色小說。
按照兩條線索分別展示的視窗並不足以
證明思維的複雜性而只能證明分歧
一開始就存在，而不是下雪的時辰。
你對雪的偏見與對雨的鍾情固然顯示出
你的個性鮮明但是更間接顯示出你
猵狹的美學趣味。如果由你擔任
廚師競賽的裁判，那麼每一隻螃蟹
都能勝任預言家的角色：關於什麼才是
烏黑的，什麼才是暗紅的，為什麼必須
把硬鉸鏈翻譯成格魯吉亞的鋼鐵──
沉默會比幽默更幽默，更接近你
虛構的虛無。而在油滑的浮冰之上早已
站不住腳的是潤滑油和他的同夥而不是
畢達哥拉斯。你緊盯著消逝在公園
深處的背影──修剪過的深綠植物
為你彈奏有聲有色的悲痛之鼓。
你或許記得你曾坐著紅眼航班前來探視，
提著一盒傳統老鼎豐五仁月餅……

接下來的場景並非酒店而是自相矛盾的

天橋，撫摸你疲憊的嘴唇。

2014.3.4.

春日出門

穿著棉褲出門，
抬眼看見楊樹枝頭
毛茸茸的楊穗。
連翹瞪著黃疸眼，
好像看見怪物。

我不是來自魏晉的
沒有洗淨的藥渣。
我的棉褲之出現不是因為
懷疑，而是因為
不信任。

彼此的關係
只是隔著極薄的不透光的紙巾，
用不著刀子和社論幫忙，
用不著迷霧。
你看穿我與背景的底細。

姑娘的短衫
顯示我的體質和年紀。
我知道問題的出處，

但我並不想醫治
問題最初的設計。

喜鵲不是知情者，
麻雀更像一個起鬨的。
那風頂著風派的名聲，
那雲呢——
幸災樂禍的旁觀者，

依然在命運的鐵鍋裡
貌似安靜地隱居，
或者等待即將發生的什麼——
猜吧，你猜吧，
沒有聽不明白的鬼語。

2014.4.11.

軍營

從廢棄的軍營之中重建
一座新的軍營。父親在搬磚或者砌牆。
而大哥背著七九式步槍，
騎著腳踏車走在鄉村的土路上。

河流閃著微光
彷彿玻璃，而玻璃卻因為灰塵之故
而顯示棉襖的不合時宜。
硬簷帽子看起來還有六成新。

學校是剛建的，
二哥和三哥正在學習怎麼宣傳共產主義。
其中之一的蹺課記錄使溝邊的楊樹
掙足虛榮的面子。

糧囤式的日本草屋
一度是田鼠和家鼠的樂園，
而今在昏暗的油燈的記憶裡，
充當思念遼寧或熱河的背景。

知識份子照樣看不見
未來的真實面貌，何況已經把手槍
放在檔案櫃裡的軍官。
拖拉機正在成為一首偉大的抒情詩。

被蚊子和蒿草拖進油膏一樣的
泥土之中，並使思想的齒輪變得遲鈍。
濕漉漉的夜晚和老兵
守著一盤黃豆與白酒的黑暗較量。

牛奶的出現並不能讓他們
想起上海，而是想起莫斯科陰冷的鰻魚。
南邊的興凱湖比電網省電，
而且更加理解揉皺的報紙。

軍號依舊在吹，
起床號和熄燈號彷彿鼓槌。
你的心臟就是鼓面，
朝氣蓬勃的無知青年哼著熱烈的進行曲。

依舊吹著東風

即使是在寒冷的冬天。三哥偷讀《三國志》，

擋住窗戶，用厚重而蒼老的棉簾。

陳宮和曹操看見暮色之中殺豬的鄉村。

2014.4.14.

興凱湖的蚊子

湖風帶著腥氣
聞起來多麼新鮮
而腐爛的葦根
卻使之大打折扣

臭蟲像砂子像雨
從報紙糊的天花板降落
給皮包骨的孩子的皮
製造暗紅的丘陵

蝨子在斷線的
衣服和褲子的接縫之中藏身
而我們的指甲
是它們斷頭臺的刀具

我們的血
呈現與天色彷彿的暗黑
但我們沒這麼想
我們只想真正的醬油

雪白的蟣子

彷彿被堤壩滲水

磨平的微型冰雹

夏天和冬天面面相覷

蚊子的煙霧

多麼濃，在草叢之中

在草屋之前的簡陋院落裡

構成致命的威脅

但仍比牛虻

顯得紳士和謙遜

牛虻一下子就撕開黃牛

堅硬的韌皮

用它的刀子嘴（沒有豆腐心）

剜出紅肉

我們的軟皮防線在它的眼裡

就是一個笑柄

牛虻仍算仁慈

因為在它之外還有那些人

牛虻吃的是肉

他們還吃靈魂

2014.5.12.

2000-2009

寂寞的公務員

1.

他去的最多的公共場所，不過是
虛擬的聊天室，他反復強調
自己是男的，這反而讓獵豔者產生
警惕的疑心，這就像許多理想主義者
在迷狂的時代的肖像
一筆一筆都很清晰，可是退後三尺
看到的卻是一團模糊，彷彿從畫布上
溢出妖霧，彌漫在早春的森林。
有時，又似乎置身於一場索然無味的
新聞報告會，他沒有把打瞌睡當作
一種反抗的方式，而是挺直了身子
睜大了眼睛，他為自己打氣：
它為一個聰明人提供了關於耐性的考驗。

2.

還是一場報告會，關於一個把
自己的命送掉的男人。他那富於
戲劇性的瞬間，在充滿激情的描述中

彷彿塗了資生堂系列化妝品，

變得異常年輕和美麗，散發著一種只有

高手才能發現的誘惑的信息。

講述者甚至為自己傑出的表達能力流下

兩行老淚。「他是人民的兒子！」

這是一個段落結束時續上去的豹尾。

而作為小人物的他卻在台下紅色靠背椅上

嚴肅地哼哼：他不可能是人民的兒子，

只可能是人民的⋯⋯孫子，或者是重孫子。

此刻消極抵抗的香煙彌漫，主持人

不得不打開窗子。他終於抬了一下

緊閉的眼皮：漸稀的煙氣中，

講述者牙齒外凸，但卻又那麼和藹可親。

2000.2.19-3.4.

老虎砬子

1.

這是一個地名，它在正式的
地方誌裡，只是一個小妾，有妻子的
功能，但卻沒有妻子的權利。
它活在一些人的記憶裡，這些人
當然包括我這個虛偽的懷鄉者。
它的正式名字──五連。哦，讀者的猜測
是對的，它和軍隊有關。這個小小的
有幾分荒涼的村莊，是退伍的士兵、下級軍官
建立的。還有一些政治失意者
一些被釋放的囚徒──他們在舊政府的機關裡
辦過報紙，或者教英語，甚至殺人。
如今他們慈眉善目，手裡拿著揉皺的水果糖
逗弄鄰居的孩子。

2.

它的名字和一座山有關，那座山在村莊的
北部，看起來像一隻西伯利亞猛虎。
當採石工剛剛開始他們的苦役，
那老虎的眉眼彷彿從爆破的晨霧中脫穎而出。

而現在這隻可憐的老虎，彷彿一頭豬

剔光了肉，陳列在市場街油膩膩的木案上。

招惹來大眾幸福的晚餐的眼光。

砬子，大約是滿語，山崖，或者

破碎的石頭。哦，悲傷的老虎

末路英雄的原型，或者標本，這怎麼怪得

那些熱情澎湃的年輕的醫科學生？火焰在他們

飛翔的心中。其實他們長不出翅膀

正如我面對屠殺流不出眼淚，卻渾身哆嗦。

3.

和老虎住對門的是一隻綠毛老龜。

小麵包似的背，赤練蛇似的腦袋

多麼有趣！那背上的綠毛……湊近一看

竟都是密密的落葉樹，樹下或許還長著

單瓣的罌粟。胡鬧的孩子很少吃它，比起複瓣的

罌粟，她既沒有漂亮的臉蛋兒，又不怎麼甜。

俱樂部門前的花壇，複瓣的罌粟只剩下

細長的花梗。而龜山到如今還是如此的完整

長壽的原因並不是它有一個在東方象徵長壽的

名字，而是它內臟中的石頭不夠堅硬。

莊周無用之用的哲學在這兒找到了佐證。
然而當地的土著卻不約而同叫它王八，即使
叫它學名——鱉，意思中也包含著侮辱。

4.

老虎山頂，一片開闊的草地，平坦如鏡
孩子把它當作劇院的舞臺，排練自己改編的戰爭，
或者躺著暢想並不遙遠的未來和不可能實現的
美夢：我要是能夠變成一條魚該有多好。
隨手折一棵油綠的山蔥，放入不負責任的嘴中。
有的孩子模仿著猴子，蹲伏在櫟樹的枝椏上
長嘯，背誦著大西洋暖流的特徵；有的孩子
因為汗水流入眼睛而小聲地哭。她以為她會成為
一個盲人，那樣她就不能看見那隻
叫「紅媳婦兒」的蜻蜓。而王八山的頂部
一座導航塔，覆蓋著侵略者的陰影。孩子們
把它當作一根魚刺拔掉。慶祝的時候
一架四翼噴藥飛機適時飛過，並撒下一陣歡樂。

2000.3.9.

短詩

1.地獄

跌落！
地獄是不可怕的。
即使它的火焰把我變成
一塊噴香的烤肉。
奴隸才是可怕的。
我拼命書寫這一句
就是想把它當作
抵抗它命運的咒語。

2.京劇演唱會

我對它的喜歡
多於挑剔。喜歡它
簡單的曲式，華麗的服裝
油彩面具隱藏著一個平民
關於大人物或者歷史的
虛榮的想像力。
而那愚蠢的道德觀，卻在
我的批判論文的行列。

3.換季

從冰箱裡逃出來的鐵塊兒
在空中飛舞，好像暗示著
我是活在什麼樣的環境裡。
用它說？我比它清楚，我的心
早就爛得，哦，早就發酵得——
呃——可以造酒了。
我哆嗦著身子，迎合著
暴政，似乎這樣，就能暖和了。

4.夜生活

夜色漸漸變成曙色
我的膽子卻小了起來

人讓我害怕
彷彿鬼是我的親戚

在書裡我能大聲地說：愛
面對面，我的舌頭沒了

我去找鏡子

我穿過走廊，找到了一塊磚

5.撞見鬼

雪花在飛舞，我站在雪地當中。

風，趴在升降機上，掠過我的頭頂。

我看見我的頭頂，停著幾朵雪花。

我看見我站在雪地中，張開雙臂，

仰起了一顆渺小而驕傲的頭顱。

我看見我在旋轉，其實是升降機在

旋轉，我看見我的衣角慢慢掀起，我的眼睛

辨別著：哪一朵下降的雪花代表美的旨意？

6.排隊購物的遐想

通過一次市場街的排隊，終於測出

我們中的某一位的內心究竟是怎樣的邪惡

怎樣地驅使自己走向黑暗的樹巔

並為一顆星辰所照耀（而這個

下面的人是看不見的）

一個有罪的人比無罪的人更先獲救
無論如何是公平的（正如一個歷史上沒有
鐵軌的地區一定最先擁有新式的機車）

7.一個人的局限性

雙關語，以及一些修辭術
就是我的世界觀
（說髒話，但語調優雅）
我看見但不能說，這不是時代的
無能，而是我的
（一個膽小的人做不成知識份子，
他在黑暗中把一生埋葬）。
他在女孩子微隆的胸部看到了希望。

8.想像起源

洗臉的時候
我向陽臺的窗外
張望（隔著廚房
通向陽臺的門）。

我想看見一場雪。

不一定非有一場雪

只是想一想。

許多事都只能想一想。

9.向公眾介紹伯德

他是一個愛面子

而又空虛的男人。

（愛面子是因為他

在女人面前講究措辭；

空虛是因為他

睡覺前看電視）

他自稱是聖人

就把他當聖‧伯德招待好了。

10.顫慄

樹倒了

樹的鬼影站在原處。

火柴跌落
在腳踝上。

電線杆手牽手
爬過低矮的山嶺。

哩哩啦啦
啦啦哩哩

11.激情

誰能想到呢？
我中年的激情是如此隱秘
它躲藏在我優雅的微笑
的叢林之中。無形的
灼人的火焰
彷彿砂中的黃金，被那些
可怕的智者一眼瞥見
而大多數人因迷惑而沉默。

2000.10.1-11.29.

表

有時我想讓自己變慢

這樣我就能長生不老，就能看到

更多的稀奇古怪的玩意兒，比如十年前

我想不到家用電腦是如此有趣

又是如此煩人，好像一個迷人的戀人，

把你的小臉弄得蠟黃，又送你一塊硬糖。

更多的時候，我想加速——

像正在提速的寧滬線上的雙層列車

呼嘯著掠過江南煙黃的稻田。

這個比喻也理想化了，像我

對加入WTO所懷有的不切實際的熱情：

以為這樣就能逃避被蒙蔽的命運。

我的本意是想加快我肌體的磨損——

直到這蕭蕭的肌體分崩離析，像那個

傳說中多麼龐大的蘇維埃聯盟。

有時候，我的名字後面加了一個「子」字

（在中國人的習慣裡，這是一種尊敬的行為）

我好像看到了漫天的口水把我像金山寺一樣

包圍起來。

我除了上升，沒有別的出路。

2000.10.11.

雨的傳統

起床的時候，外面就
下著雨，媽媽說下了一夜。
肥大的櫟樹葉子
泡在水窪裡，像擱淺的軍艦。

我不用上學，不僅
因這救世主的雨
也因這是一個幸福的禮拜天。
爸爸也不用去紫色的土豆地。

「媽，我要到雨裡玩兒。」
媽媽的愛是嚴肅的。
她把我拴在潮濕的廚房裡
還給我披了一件花毛衣。

我站在屋簷下，伸著手
　　雨滴落下
雨滴準確地落入我的手心
一些溢出，一些滲入我的肉體。

2000.11.14.

加油站

如果我有特異功能

我不會把他的結石看成鑽石

如果我吸的是金牌可卡因

或許我真的能夠看見上帝鬍鬚上的米粒

如果只有小電影給我快樂

我的想像力必定落入塵世潮濕的谷底

如果我還活著

說明上帝是不存在的

如果我飛得比烏鴉高

那麼她肯定被彈弓請到血的愛河

我唆著啃禿的手指頭

是因為已經沒有牆皮讓我摳了

如果我死盯窗外

肯定不是等醫生（沒準兒是一場雪）

如果我背誦了一遍社論
我肯定是模範病人

如果我背誦了兩遍社論
我不一定就是陰險的嘲弄者

如果沒人要求我背誦社論
我會要求背誦桑克的詩

如果我還活著
那麼那個門外的鬼魂是誰

如果外邊還是零下43度
我會再脫掉一條褲子

如果我恰好有一管口紅
我會優先考慮你的薄唇

2001.1.20.

因果

我厭倦寫詩，我就不寫。
我厭倦吃飯，我就不吃。
我厭倦睡覺，我就醒著。

睏了自然會睡。
餓了自然會吃。
什麼時候我才寫詩？

2001.4.13.

當田野從車窗外飛過……

當田野從車窗外飛過
心裡的一些東西也跟著它飛了
飛到車的後面
飛到車的上面
還有一些在下面
我看不見

當樹林從車窗外飛過
我看見鳥在它的上面更快地飛過
我沒有它快即使我認為我快
我飛起來在車廂裡
藍色的車廂彷彿藍色的天堂

當村鎮從車窗外飛過
我的老師從車窗外飛過
抱著我的足球抱著我的課本
她飛快地飛過打著呼哨兒
她飛過我的頭頂和車頂
我看不見

2001.4.19.

神聖的伯德

當伯德說出「神聖」
禮堂裡哄笑的蜜蜂翻飛，
用她鋒利的尾針
刺他的自尊心。

「這個詞離我們太遠
它生活在非洲中部
一個小鎮……」

「……而且我們在中國，
而且沒有飛機
和電子郵件
只有跛腿的航海術……」

「……而且驢生著肺炎。」

伯德嘟噥著，走出禮堂。
天空灰暗，彷彿垃圾處理場。

事實上，「神聖」
一點不遠，剛才

就懸掛在他的嘴邊。

而且當他一說出「神聖」

他就立刻把自己從眾人中分離

並飛了起來。

2001.6.16.

邪惡的良宵

1.

餐具的產地，我哪裡分得清呢。
水晶器皿在手上蠕動，
隨時都想墮落，開花，讓我出醜。
我壓制著它，像對付一群
即將覺醒的奴隸。

2.

你聽見風聲了麼？把吊燈的
玻璃穗子吹得花冷冷的響。
它淹沒在絲綢禮服和手的摩擦聲裡
沒有厭世的耳朵，你就聽不見它。
我也沒有聽見，但我想像到了。

3.

多麼細膩的臉，我忍不住
把自己的臉貼上去，它禮貌地接受了。
甚至那一點偽裝的激情，都讓我感動。

扭動著，泛出許多紋路的臉
主動地表達，對我的尊敬，和隔膜。

4.

啤酒微弱的火焰在胃裡，
還燒不到舌頭，燒不到優雅的舞步。
當它抵達警戒線的邊緣，礦泉水
就來了，溫和得像政委，絮絮叨叨
瀝瀝拉拉，你不好意思不熄滅。

5.

如果戴著walkman，如果磁帶裡播放
寂靜（如果寂靜也能錄在磁帶上）
那麼眼前的電視就是沉默的了。
緩慢的，陌生的，人和人，多出來的
生動的嘴和唇，美好的黑牙齒和白牙齒。

6.

燈熄了。黑暗這解放者。
開關旁的侍者不可能記錯時間……
（夜光錶忠實地伏在他的手腕）
那就毀了從容，而不得不提高繫扣的速度
我的紅外線眼鏡，也就變得無用……

2001.7.14.

江邊之霧

剛走到江邊，對岸
霧的軍隊突然迎面湧來

越過正修理的駁船
凍結的波浪凹凸的撫摩

我驚懼地奔往霽虹橋
霧撞上並推搡我的脊樑

我沒跌倒，但內腔
卻留下寒冷的貓爪

2002.1.11.

摔跤十四行

雪掩蓋著冰，我沒瞅見。
稀薄的雪，被皮鞋蹬開——
我仰面倒地，疼痛以及記憶
從胳膊傳到心臟的中心。
我沒動。彷彿過了幾世。
寂靜死了幾個輪迴。
我要去話劇院開會，很無聊的。
也不一定，我告誡自己。
想起兩個年輕人，
想起有世界盃的一個夏天，
他們依偎著吃一隻蛋筒冰淇淋。
當其中的一個死去
剩下的一個才懂得——
　　　　什麼是愛。

2002.2.1.

為拉金誕辰80周年而作

被你的魅力迷住，你這

　　光榮的光棍漢。

繼而傷心，因你的黑暗，

不能見容於我的黑暗。

我心比你大，但你更富於細節。

2002.5.2.

公牛之血
——為正在喪失的公正而作

公牛生氣。
頭髮嗶啵燃燒。
哦，我冷。
我是抗議的灰燼！

於事無補。
整個牛欄
冷漠，或麻木
甚至掉以輕心。

公牛的血，
是否過於認真？
過於執著？
哦，半島傾斜！

哦，半島的狂歡
讓我噁心。
哦，公牛的血
讓我傷心。

2002.6.23.

中國文學人物志（Ⅱ）

1.李白

你迷戀酒，超過名月。
你迷戀天下，超過自然。
你下功夫，世人看見的卻是
輕鬆的飛奔。

2.胡適

忽視家庭的美。
忽視雲中的鬼。
而一堆生氣
幽幽花絮裡。

3.朱希真

但願你是我了，偏不是。
是漁父砍樵，聽鳥兒飛舞。
歡唱的是伴宿燈火，
而我送的人長征於錦被的波瀾。

4.晏小山

說不得雨腳亂踏
劣酒陳詞。忽然倒了
爛泥也是暖的。
何況天是那麼陰陰地。

5.臧棣

九尾狐匱乏你的絢麗，
命運也羞慚你的奧秘。
我或許猜出了一點，
掌紋如此清晰，指向迷霧的棋局。

6.李漁

看這無邊風月
攏於我寬大的袍袖。
我是什麼樣的學童
彷徨於這捲著黃邊的曠野。

7.梁宗岱

把欄杆與藥拍遍，
或是我的使命。
遠天小霞殘了，
正等我去愛她。

2002.2.10-10.12.

本命年

1.

冷風收拾了一切。

包括你，包括你外面的厚牆。

你把膽小鬼關在裡面，和黑暗為友。

跳蚤還沒有出生，但你瞭解她的歡喜。

雪聲，或者風聲，正在模仿火車性感的拖腔。

2.

因雪，所以街道遼闊。

初次見面你就承認了悲傷。

你怎麼確定那就是屋頂的國境線？

就是那匹灰馬，就要走到鏡頭的邊緣？

忽然，旋風起了，黃色的燈光閃爍在鐵路兩側。

2003.1.8.

悲憤詩——為民工徐天龍而作

漢子！你的火燒醒我！
我怎能睡得如此酣熱！

我呼籲，我抗議
彷彿一列咆哮的機車！

向硬雪？向朔風？
向正變得自然的冷漠？

人心隔肚皮，你啊
一把將我的美夢撕破！

正義在哪裡？烏有鄉？
迷霧籠罩塵世的生活！

那麼大野的聲音起來！
重修流失的道德人格！

值得拯救啊，監督者

是良知，是璀璨星河。

2003.1.9.

下弦月
——給周瓚

雨下了一夜
沒有停的意思。
故都的秋天
你隱在水氣裡。
沒人識得你的方法。

我是走星照耀
——命書裡寫著。
由晝入夢，由生而逝。
乘的車次迥異。
這次是坐飛機。

自碧天而下
彷彿一根蘿蔔。
周圍是空的。
我的身邊也是。
機頂之上是你的彎眉。

懶得讀書
也懶得喘氣。
但氣尋隙而入，

彷彿你稀薄的光輝。

細，但是亮。

2003.3.5.

凍土

1.

生鐵鑄的。
刀剜，刀斷。
它高興，刀悲憤。
我呢──發呆。

2.

雪降，掩藏
它的繩梯。
不能讓人看見
鬼例外，鬼慈悲。

3.

溫暖，現了
它的外形。
泥壟堆起，我小心
跳著──

4.

水泥，優雅的
壓迫。沒用
它傾向自然，
破壞，但是舒坦。

2003.5.15.

小野人

紋眉，一頭黃金染髮。粉底術一流，
令人誤以為她的膚色真是那麼光滑。
她巧妙地躲避本時代的天花，洗腳，喝香草茶。
設計沙龍中的行走節奏，四拍，或五拍。
或者在某個天真的時辰，墊步小跳，彷彿農婦。
她說：我的童年是憂愁的。其實，她比快樂還快樂。
翻筋斗，採標本，製作炸藥，甚至模仿成年人
與小巷裡的暗影胡鬧，譜寫《城市歷險記》。
而今她也彷彿兒童玩火，恐懼而興奮。寫信，燒信，
濫用止痛藥，讓陰謀之舌噴向花花公子的錢囊。
昨天我去看她。她垂頭喪氣，為得到一個愛情副本。
　　　而秋天卻為神經質洋洋得意。

2003.5.21.

孤獨

因為孤獨，所以話多。
初時尚有主題，物價，寶馬，
或者寒冷的天氣。
街上流竄的前鋒，割斷醬色的旗。
聽者點頭，或者附和：
呀呀，獨自怎生得黑……
漸入佳境，開始跑題：夜夢，超現實風格，
我在柔軟的霧氣之中，喘氣……
一吸一進的聲音，雷點似的，顫慄。
句子斷斷續續，前言不搭後語。
彷彿電影片段：一座青灰的山後
一條淺溪，或者礦井，黑幽幽的洞穴，
模糊的人影出來進去，人影放大，放大……
啊！猩猩臉，嬰兒手！
聽者迷惑，分析其中祕密……
漸漸不耐煩。有的豁然站起，拂袖而去。
門來回碰撞，發出哐哐的抗議。
有的坦然相告：你說的我聽不明白。
……猛然醒來，反駁：我說的就是
我們的生活。繼而沉默，或嘟噥：
你連自己的生活也不懂了……

不歡而散。七瓶啤酒沒有開蓋。
我在旁邊記下這些，我也感到
孤單。想說點什麼，但出口卻是
沒勁。

2004.1.15.

未裝修的新房

沒有門，只有空洞。水泥地裸著，
它將被複合地板遮掩，如同白粉
使面部的褶皺消逝。東牆要放電視，
我將面對它，再次生氣，為那些
表面與己無關的新聞。西牆是書，
借去可以不還。陪伴者，是脆弱的瓷器。

高低錯落的界線，告訴我
哪兒是廚房，哪兒是餐室？
現代化的廚房，做飯的機器將閃閃發亮。
而餐室幽靜，我的胃
將受到前所未有的照顧。
牆上是筆觸較大的樹，葉子野而疏闊。

外邊的陽臺，窗子夏天也要關著，
為了那些糊塗的經文，也為了那些灰塵。
搖椅的身高要增長，才能看見
猶太墓地幽深的入口。
鐘已經卸了，留在記憶裡響著。
青藤還在那裡舒服。

臥室，我和妻子的後半生
將在這裡度過。
相安無事，偶爾有些爭吵，
為一個單詞，或為一個漢字的確切含義。
直覺是電網，撞上去的牛犢會受輕傷。
拉金寫的。樊籠之下有自由。

洗衣間，洗澡間，沒有窗戶。
模糊的人影，溫暖而寂靜，
這全賴牆磚的簡潔和色澤，還有蒸汽。
吊頂是要的，要遮住橫七豎八的鐵管道，
它像我亂七八糟的腸子。
不潔感讓我自擾了一生。

妻子的書房，最小，但卻是
「一間自己的屋子」。我的尊重。
其實是她尊重我。她從這裡獲得解放。
網，書，電話，拿起來放不下，
她的譯文，她的思想，是我的空氣。
而我在水中不知道自己是魚。

這間是我的，我的書，我的記憶，
都在這裡。一把椅子，一些從彼得堡
買來的照片，上面是白銀時代的同行。
我在這裡為人類工作，也為自己。
現在這裡一無所有，只有打開的窗，
窗下是髒雪的軍隊，我和它鬥爭。

2004.2.15.

對彌爾頓而言

你的時代我一知半解，
我的時代你一無所知。
為你補課，哦，我誇大其辭，
只想訴說，博取賢人的同情。

仍有飢餓，發生在非洲，
亞洲也有，在朝鮮北部。
它的女兒，逃進黑龍江省的山區，
被告密，被送回故鄉，送回地獄。

她的肩胛被鐵絲穿透，
她的青春被米飯出售，
如今，輪到送命。
送命，不如拼命。

仍有征戰，在巴比倫舊地，
在大衛王之鄉，以及所有
燃燒怒火的城，
我探尋著理由：

古老的仇恨，歧視，
或者，簡單的爭吵。
戰爭也是一個傳統，
哪一輩人自願放棄？

我不譴責雙方，雖然弱者
更值得憐憫，我也將遭遇
它的垂青，那是在一灣淺淺的海峽
它被填滿了，被年輕的寒冷的屍體

仍有貧窮，它比飢餓更廣泛，
尤其我自己，尤其我的身邊。
但和赤貧相比，我算中產階級，
他們在苦水中，甚至沒了教育。

沒了教養和體面，衣衫襤褸，
被昔日窮人捉弄，富人嘲弄：
你們不勞動身體，不勞動心眼，
活該受窮，活該受智力的懲戒。

而你們的財富來自哪裡？
不提非法，即使合法者，
你知道什麼是縫隙？
你瞭解什麼是剝削？

財富掌握在少數人的手裡。
還有小疾病，還有大黑暗，
它的面積遼闊，超過任何一個
拼綴起來的平原，政客，凶犯

公司董事，白領……
我寧願浮光掠影。
我寧願自由，
生活即奴隸。

互聯網的網眼越縮越小，
連一滴水珠也鑽不過去。
何況一條魚，何況
一條非法的大鯊魚……

哦，我還是說說光明吧，

麻木深處還有一絲活氣，

證明人心不死。

證明鬥爭繼續。

或者黑暗繼續，

或者繼續維護

黑暗中的微光，讓它繼續照耀

黑暗，照耀下一個反對的千年。

2004.4.10.

盛夏
──為蔡東民而作

沒人更乾淨。
沒人省略──對乾淨的讚美。
盛夏的老虎，早上掉了幾綹
灰白的頭髮。

揀起看看。
開叉的部分，斷裂的部分。
有時擦身而過，彷彿窗外
幾個精彩的世代。

看散文的骨架，
機器是多餘的。
而看詩歌，一台不行。
看命運，噢，需要茵沉之星。

在上面照著。
單純，而安靜。
彷彿一條蛇，褪去
暑氣的緊身衣。

2004.7.19.

消逝

無聊。而且厭倦。
厭倦活著。在書中與死者相遇。
昨天艾略特，明天奧登。
米沃什也加入進去。我更加孤單。
曙光消逝，平臺從此岑寂。
沒人找我喝咖啡，扯淡，關於帝國的末日。

樓外陽光，或夏或秋。
身上忽冷忽熱。想起未來，
和昨天一致。今天不存在。
光是白的。我閉眼，但不殺人。
我忽然高興，彷彿看見乾淨的水流。
而其實，是憶起蒿草，它的香，濃如火焰。

人，哪兒都不去。靈卻四處遊走。
經歷這個人的一生，或者那個人。
吃馬蘭拉麵，蘇氏麵，或義大利麵。
門口的青藤漫過窗際。棚頂幽深。
我把頭縮到肺裡，呼吸殘忍的廢氣。
我倒在那裡。或者，我漂在半空之中。

厭倦。而且無聊。

我重複書寫，逃避真正的核心。

清晰做夢。醒來，清晰地記。

有時快樂，有時悲傷。有時二者皆不是。

我只要安慰。

只要一個恒靜而微動的塵世。

2004.8.17.

紀念T.S.艾略特逝世40周年

1.

「老虎在新年裡跳躍。他吞下我們。」
老虎＝海嘯。我們＝他們。
那麼多的人戛然而逝，甚至不如生日蠟燭
在熄滅之前，掙扎搖曳，拋售最後一個媚眼。
蘇珊・桑塔格也死了。這一年死了
這麼多良心。而我，德里達，剛剛復活，
從寒冷的雪日，從麻木的臉上擰出水來。

2.

「我已失去我的激情：為什麼我必須保持？」
必須堅持啊，新一輪寒潮即將來臨，
新一輪推土機轟隆隆而來，向書城，向書屋，
向為書架拱衛的我的心。
「為何我必須保持，既然保持的也必腐敗？」
哦，塵歸塵，土歸土，正因「絕望之望」，
我才有鬥爭的興趣，才有光明的野心。

3.

我坐在書房正中，你「坐在岸上
　垂釣，背後是那片乾旱的平原」
我背後是亡魂，他們監視我：不許墮落。
即使墮落者的亡魂，也給我教訓：
你看我們多麼悲慘，你看奴隸的命運多麼悲慘。
「我應否至少把我的田地收拾好？」
你應該。你應該早出晚歸，讓心苗茁壯，沒有一點
　　蕪穢。

4.

「我們碰上一個寒冷的清晨，恰恰在一年中最糟的
　　月份」
每一個清晨都那麼寒冷，每一年都這麼倒楣。
只有人心變幻，如同午夜冰燈的色彩。我沒有一點
　　把握。
寫日記，看老影碟，研究1984日益黯淡的未來。
有時恐懼。哦，恐懼，它的頻率越來越快，

甚至成了寒流的起源。我不想無意義生活，

但意義是什麼？黃昏降臨，準備安慰明天的黃昏。

2005.1.4.

注：詩中所引艾略特詩句，譯者分別是趙蘿蕤、裘小龍以
　　及本詩作者。

殘暴的魅力

我想變得冷酷一些。

不僅對己，也對別人。親近者也不例外。

怎麼冷酷，沒想清楚。

至少包括長期沉默，一周不行，必須一年。

一年的沉默，甚至絕食。不過是自虐，

並非冷酷良方。而上書，簽名，無中生有，

閱讀禁書，全部排除在外。僅僅剩下沉默。

不關心任何人。

語調刻板，嚴禁心腸變軟。樹倒草死，

不許流淚。看到公園長椅，也不許想

人世曾有離合悲歡。只有冷酷，屏除人性。

讓惡發揚光大，結成紅色碩果。

看見獵狗吞噬夜晚，不許阻攔。

當然也絕不慈惠。把心油漆成徹底的黑。

手術刀割除淚腺，魚腸線繃緊冷面。

不許存在任何表情。若有可能，將心臟換成鐵的。

無動於哀，不驚訝，不好奇。

不說笑話，不看雜書，不為低級趣味快活。

只沉默，與冬雪賽冷。

看誰冷得過誰？

2005.6.4.

衛星地圖

窗外下著微雨。
無處可去,即使
無雨,也是這般結局。
索性放下《消極自由》
在Google Map旅行。

這是新奧爾良,
碼頭勉強可以分辨。
樹木倒臥水中,
注釋著荒涼一詞
究竟有多少種含義。

這是鐵獅子墳,
雙操場並列,如雙鏡
重現我的青年。
我找到西南樓,找到
廣場傾斜的碑影。

這是觀光轉輪,
投向泰晤士河的陰影
如同半圈指甲,看上去

和文化公園近似。
但我深知什麼是差別。

這是老虎砬子，
細小的鄉路彎彎曲曲
抵達東側的牛舍。
興凱湖一直那麼藍，
完達山一直那麼綠。

屋頂是灰色的，
海灘是白色的，
橋下，汽輪拖帶的水痕
切近，然而那麼遙遠。
我多想深入你的禁忌！

2005.9.9.

（仿奧哈拉）

丁香園之旅

晨光熹微，我從沙發上坐起。
洗漱之後，從于波手裡
接過我的早餐：青色的酸奶。
我收拾挎包，裝入曙光的信以及
印刷品。他雖離開報館，
但是郵件仍舊源源而來。

二樓平臺，田雪緋招手，
她還《大長今》。我從中窺伺
黑暗的明朝，借曙光的
今天必須歸還。在秋日花園，
田雪緋說她去參加婚禮。
離婚這麼多，但是婚禮照樣進行。

在齊善店，我挑選素食：
素龍蝦，素排骨，素牛肉，
油膩膩的葷名彷彿綽號一般，
既然內裡的趣味已有差異，

但是為什麼這樣取名？
甲叫高僧，乙叫低僧。

接近月臺，三路巴士飛馳而過。
抬眼看見左天的殘月，
略一疏忽，便將之視為一抹微雲，
半圓，整飭，中間略淡。
這是十時零四分，陽光熾烈。
月亮半個獨眼緊盯著下邊。

這可以寫進詩中，題目就叫
《上午的月亮》，奇特的題目，
或能博得掌聲。我忽然想起
景陽街上的失戀癡男
從十七樓跳下，砸死等車的婦人。
我本能地躲進身後的樹影。

十時十四分，三路駕臨。
淡妝美女讓我偷樂了一會兒。
我想著月臺的月亮，想著
與曙光的會面，平平常常，

但對我有些意義。楊銘參加聚會，
我正好放風。當然這是幽默之意。

先鋒路的建築，牆皮剝落。
前年發生槍戰。每次經過，
我都朝灰暗的窗口望上幾眼
我必須搬到先鋒路，因為
我是保守的先鋒派。建築對面的
磚牆：「花園物業無視國法！」

毛筆字遒勁，但是只能進入野史。
奧哈拉讀報：拉娜‧特納倒下。
包裡的布朗肖我卻拿不出來。
車太抖了。我找到一個讀報的：
《新晚報》。如果它是可口可樂，
我做過的小報就是百事可樂。

兩張報紙的標題這麼相似。
北大的演講前天一字沒登；
今天的清華只摘了反美的部分。
精心的裁減，在我這樣的內行

看來多麼粗糙。我不適合
混跡洗浴業，只配做一名詩人。

我只活在自己的內心。
許多細節在落筆的瞬間丟失。
我不必計較。我下車看到水果攤，
買了蕭易的石榴。她的性別
對一些人是神祕的。我的新習慣：
看到石榴，就會想起一個人。

門開了。曙光抱著團團，
熊貓似的兔子，如同年幼的女兒。
薔薔去看周杰倫演唱會。
我呢，著急把路上的想法記下來。
奧哈拉再怎麼偽裝膽小，
勇氣也會從嘴上的拉鍊洩露出來。

2005.9.24.

長
壽

每天早晨，我牽著狗，
圍繞小湖行走，偶爾抽煙，
或向陌生兒童做鬼臉。
抱她的成人對我們的默契
一無所知。走過博物館，
昔日的教堂，走過另一座博物館
昔日的皇宮。

我活著。父親死了。
母親死了。在他們之前，
是祖父祖母，外祖父外祖母。
他們的氈帽，他們的繡鞋，
他們的記憶和房屋，隨風而逝。
還有他們的王朝，他們的曠野，
微風下他們甜蜜的耳語。

妻子死了。兄弟死了。
還有姐妹，在沙灘我們打過排球，
細膩的白沙滋出趾縫。
同事死了，友人死了。
玩伴的影子在烈日下蒸發，彷彿

他們是水，是冰，是剛剛降落的雪，
是內陸河流，抵達了盡頭。

兒子死了。女兒死了。
啤酒的泡沫也如少年。豬死了。
狗死了（不是現在這條）。樹死了。
只留下這草，這湖邊的紅蓼，
這空蕩蕩的院落。敵人死了。
電視死了。只留下我一個人活著。
一個人活著，想著：

活著是什麼意思？
熟悉的死掉了，四周是陌生的人。
臺詞也是陌生的。我需要一本新詞典。
我需要一個復活的熟人。
但我必須活著，成為風，成為
水中的落葉。活著不是永恆。
我早知道。活著，僅僅是一個練習。

2005.11.13.

瓢蟲

入冬之前，我和楊銘清理居室，
細膩之深甚至超過任何一位暴君。
──乾淨，絕對的乾淨。
我以處女座的名義向蒼天起誓。

轉過歲暮，我在居室之內旅行。
這的確是一次旅行，儘管路途短暫。
我的內心獨白使它看起來略長，
如果加上回憶，簡直就是長征。

當我來到居室的邊疆──陽臺，
我竟然發現一隻一動不動的瓢蟲。
搬過它的背部，一共九塊黑斑，
我不明白，它怎麼會在這裡出現？

它或許早死了，身體藏在某處，
是風將它吹來。或許它曾活過，
奮力躲過嚴寒的傷害。而其他夥伴
都已過世，只剩它一個孤孤單單。

這些不難想像，難想的是它的生活。
它見識過冷，見識過雪……
它甚至是唯一見過雪的──
事到如今，這些又有什麼意義？

它出生之時已是秋天。
吾生也晚，多想看看慈父的夏天
究竟怎樣歡度……哦，到時候了，
你雖能入冬，卻不能抵抗晚年。

把你放入洗菜池，擰開水管。
塵歸塵，土歸土，讓水帶你去吧。
我面無表情地看著水渦打旋，
每一圈都彷彿我命花的一葉花瓣。

2006.2.21.

命名日

一九六七年生於農場醫院。
軍隊編制。我試著瞭解自己。
無大災大病，小病小災如溪水潺潺。
名字之中有樹有泉，如青綠山水。

一九八九年險些喪命。
在棋盤之中，偶然落在安全位置。
把著酒盞。自己命名──「八九一代」。
沒人公開回應。自己暗中叫了兩聲。

日子折跟頭。憤怒，鬱悶，
玩著輪盤，互相設計，或射擊。
二〇〇三舊款汽車飛馳。血霧彌漫。
生命不是幻影，僅僅是一堆肉。

看看這個人！懂得欣賞罪惡之美。
何況凡人之美，同行之美？
但他對另外的事物，卻持苛刻腔調：
「我懇求祖國讓我為其驕傲。」

2006.4.4.

怎樣辨別遊客國籍

近日，我添了一嗜好：
辨別遊客國籍。人山人海中，
中非東非，一看膚色深淺即知。
「法國也有深色的！」
教我法語的康德矯正我的昏聵。

英人美人，看起來那麼隨意。
牛仔褲，毛線帽，高高的雙肩背。
我盼他們張嘴暴露口音的祕密。
寫字也成，多少流露風格的差異：
優雅或粗鄙。涇水或渭水。

日本朝鮮，一眼就能識別。
根據五官位置，或者服飾搭配。
眼睛小一點，神色狠一點。
使勁點頭加強著語氣。但三島
大反其道，與龐德有些相似。

顯然，這算不了什麼。
若當面核實，我的把戲準成泡影。
瑪利亞，英國臉，倫敦音，

來自巴西。她突然說：桑，

你有韓國血統嗎？我大吃一驚。

2006.10.2.

昨夜

咳嗽了一夜。

似睡非睡，把我搞糊塗了。

但我知道，狙擊手肯定是夢裡的。

我更清楚，那個人肯定已經死了。

我的罪可能是更大的。

無怨無仇，我為什麼還要瞄準一個死人？

我被這個嚇壞了。起身背包，去火車站。

我去找那個人的家人。

青山綠水之間，我婉轉地表達我的愧疚。

他們陌生地看著我，但仍接受我的好意。

我開始往回走，一邊舒心地梳理事情的起因。

我為什麼還要瞄準一個死人？

彷彿影子，那個人突然橫在我的面前：

「不多你這一槍，何必想這麼多呢。」

2006.12.5.

興師問罪

這麼大年紀，仍舊迷戀
歷史。晚清制度，中共黨史。
文質彬彬的馬基雅維裡
一邊咳嗽，一邊下著國際象棋。

當然，天氣的確不同。
晴朗是我的生活，陰天呢，
我真的不瞭解，暴力教育往往
以英雄面目出現。

我認真擦拭自己的工作，
這塊髒玻璃，我不能超越——
在沒有解決溫飽或疑問之前。
暖氣有限，凍土畢竟還是凍土。

我迷戀斷頭臺，法國革命。
茅海建，傅勒，漢娜‧阿倫特。
黑暗時代的人們。我自己也是。
無窮的替身，無盡的舊路。

2006.12.6.

陌生人

沒人認識你。在這架波音747上，
沒有一個人是你的熟人。那位
看起來有些面熟的女人僅僅是
看起來有些相似，她絕不是上周
你在長沙見過的那位以目光向你
傳遞資訊的女博士，她的鼻翼
有一顆淡痣，而這位也有，而且
不止一顆，像星辰分佈在鄉村之夜。
你想起同名的鄉村之夜酒吧，
在那裡，偽裝成村姑的女侍穿著
低胸的禮服，洋溢著尋歡作樂的嫵媚，
燈光昏暗而旋轉，使你看不清女侍
黑暗的本質，甚至你懷疑她們
是由女氣的少年所扮。你懷疑一切，
就像你懷疑你的學問與名聲，
你果真就是報紙照片之中的那位男人？
你轉過頭來，按亮頭頂控制板的
聚光燈，你拿起一本小冊子，
一本你買了多年而從未看過的小書，
你臨出家門之前，在書架上選的。
這本書和另一本，你已權衡再三，

你最後選擇了《茫茫黑夜》，這與
夜機之外的景色比較匹配。你右邊
坐著一位中年商人，西裝筆挺，
襯衣卻有一些黃軟。他在看康柏電腦，
緊接著他將之闔上。過道的姑娘，
興奮地翻閱著免費的《航空》雜誌：
女模特身上的絲綢睡衣以及男模特
腕上的手錶，為她指引著未來。
那麼你呢？黃昏時分，飛機停在青島。
你想起一位綽號叫青島的女同學，
她博學，羞澀，至今單身。
你有多少年沒見過她？在鄉村之夜，
她躲在角落裡，與一位詩人談龐德
為什麼會是審判的例外？她沒理睬你，
讓你痛苦萬分，但是臨走她只拉了一下
你的手，似乎給你與眾不同的待遇。
她的手與妻子不同，妻子的手
又軟又白，也不像女兒的小手。
女兒的小手抓滿黃沙，小腿沾著
海水的泡沫。你抬起頭來，
遠處的潛艇正在靠港，掀起水波，

向你這邊漾來。你把書蓋在臉上，
躲避著陽光。那是另外一本書，
不是手中的這本。你抬手將頂燈熄滅，
飲盡葡萄酒，把桌板塞進前面的椅背。
新的航行開始了。在夢裡你看見
那個陌生人，你根本無法進入他的生活。
你從外表觀察到的，也許是
經過多次轉述而構成的風景。
但是，你只能相信，你必須相信
你看到的以及猜測的就是一切，
就像在迷糊之中，商人搭在你肩上的
胳膊，你把它當成過道姑娘的。
你睜開眼，不客氣地將胳膊推掉。
商人繼續打鼾。你盯著機艙中間的螢幕：
飛機的圖示正在飛越東海。
如果飛機掉下，有誰為你悲痛？
過道姑娘？她將與你一同死去。
妻子？有這可能。青島？一無所知。
多年之後，有人對她提起，她頂多
斂起笑容……明早醒來，第一件事
就是詢問過道姑娘的姓名。夜已深了，

你已睡去。你不知道身在何地，
或許你以為仍在家中寬大的雙人床上。
你本能地向床沿挪動，失去拖鞋的
左腳碰到機艙內壁冰涼的皮面。

2007.8.20.

自畫像

眉毛沒什麼變化。
眼皮略雙，眼睛略紅，
蝴蝶眼鏡使它看上去像鬥雞眼。
粗粗看臉，比實際年輕，
細看，眼角以及鼻翼周圍
盤旋著粗劣的皺紋，
而且千萬別扯動嘴角。

白髮的密度增加。
但我仍想眼睛這面部之魂：
近視之外又添了花眼，
近處的東西，只能摘眼鏡觀察，
糾正了他以往的常識。
鼻孔的火癤掉了，
否則，這張臉更打折扣。

額頭的豎疤依舊
清晰，陰雨天依舊疼痛，
提醒他與死亡的距離。
如果給這疤給這臉抹一點面乳，
或許看得過去，或許能夠

吸引一位知識婦女，
或者一隻尖銳的夏蚊。

下巴蚊子叮過的痕跡，
如果不仰臉，根本就看不見。
如果衣鏡夠大，就能看見
鬆弛的脖子，鬆弛的胳膊。
肚腹似乎乾癟了一些。
感謝為體形而戰的妻子，
從不虐待他的胃。

但是肚腹仍舊是
中年的肚腹，幸虧它掩藏在
肥大的襯衣之中。
然後是看不見的恥毛，
已經白了兩根。
強烈的欲念歸結於克制，
歸結於秋天的節拍器。

然後是膝蓋，上樓時
微痛。沒去醫院查過。

可能是累的，但他極少步行。
還有手，忘記的字比新識的多。
還有腳，仍舊是平足，
它走不了多遠。
它在鞋裡修身養性。

按照錢玄同的說法，
這人應當槍斃。
按照卡爾·巴特的說法，
他已處於下坡的途中。
我呢，對他還有幻想：
但願今年不是他生命的頂點，
但願他明日之後更加平靜。

2007.8.30.

孤獨的怠工者

怎樣把一篇報導寫壞，
對他而言是多麼艱難。
他不能容忍平庸的修辭，
更不能容忍詞語之中
攙雜水泥與泥團。

最壞的報導仍舊出眾。
這惹他生氣。他已盡
最大努力，在裡面添加
鑽石粉末或者香檳酒
暗色的渣子。但是

它們的香味或許
太過微弱，如同經過
醋水浸泡多年的大蒜瓣，
只有所謂知音的食客
才能伸縮敏感的舌尖。

把它徹底寫壞吧。
堤壩或者防彈牆興許
顯露致命的缺陷。

但是他做不到。他根本
做不成糊弄的勇士。

2007.10.19.

青春

言論驚世駭俗而舉止卻相當保守。
這就是說：我說的想的讓自己畏懼，
而實際上任何事情都不敢做，除了
不洗澡與留長髮。或者頂多在教室
光著上身或者遲到，或者在教授
眼皮底下揚長而去，但關門的時候
卻不肯讓門發出過重的響聲。
每當雪季來臨或者雨季來臨，選擇
在被窩裡讀瓦雷里或者薩特，或者
其他大膽的新浪潮導演的劇本。
和女友的親密程度僅限於觸摸與舌吻。
熱衷於革命，其實只在遭受嚴厲
懲罰的畢業時刻才想起組織一支
手握鋼筆的游擊隊。但這時不過是
氣話。失去了大多數黎明，而午夜的
描述越來越逼真，無數次遭遇
四點鐘或者三點鐘的夜景。寬闊的馬路
如同廣場，沒有一輛車。兩岸的街燈
彷彿保鏢圍著我。我不是霍爾頓，
但為實習學生的未來擔憂過，忘了自己
更堪憂慮。對任何一個衛兵把守的庭院

自信地說過：我隨時能夠進去服務。
改變父母的貧窮與虛偽。但是我其實
哪裡也進不去。我仍舊屬於礦區或者
學校，屬於一個狹窄的黑暗房間。
在稿紙上一展宏圖。接近拙劣的
戲劇演出，為廉價的歡呼而興奮，
為一個不可能親近的漂亮姑娘偶然
而起的熱切眼神。如同在大街上
或者麵條店裡看見過的慾惠與誘惑。
我沒有後悔過。偏重讀書與寫詩而忘記
庸俗的生活，郊遊，寒冷的經驗。
不長記性。為熄燈而進行爭吵，為釋放
室內臭氣而進行學術討論，而且
不知道這些能否發展成為一篇史詩
或者深刻的哲學。毫無把握。
時髦地接近上帝，而非真心。
不像現在必須虔誠地祈禱。過去煞有介事
故作老練而油滑地出入於間諜網中。
彷彿一個少年在學成年人的口音與粗話。
搖滾樂和達利的鬍鬚。沒有權威，
大麻，直到兩年之後，才見到她的嘴臉。

酷愛嚴肅地寫信，重視直覺與瞬間的邏輯，
認為任何人都是潛在的同道。
不明白什麼是嫉妒，不明白邪惡
對於某些人物而言是天然的藤壺。
大談特談無聊的益處，而無視
健康的嗜好，嫌自己的皮膚顏色過深，
個頭過矮，不像一個棒球明星。
緊張的時候，夾緊雙腿，扣住手腕。
嚮往獨身在樓群之間飛行。
而這些或者那些，全是過氣的回憶。
沒誰對你的回憶感興趣，哪怕
你是所謂的校園名人，哪怕你是民選的
藝術總統。我只對自己的感受有興趣。
巴布‧狄倫或者約翰‧藍儂，或者
其他退縮的尖刻的批評者和觀察者。
不看電視。而現在沒完沒了地看電視。
比家庭主婦都過分。與死魂靈交談，
現在仍是如此。這是唯一的年輕的痕跡。
負起自己的責任與難過的山巒。看透
自己的角色底細。不戴花環。不吃醃蛋。
從來沒有早熟過。自以為是，自作聰明。

折磨自己，直到心碎。從雲篩之中漏去，

讓風鞭蹂躪。一本正經地給天真

蓋上天真的面具。對吃肉貪婪，但是怎麼吃

也不增加體重。永遠是半飽狀態。

不喜歡壞話，卻誠懇地邀請壞話的降臨。

而今攻訐和詆毀來自互聯網，來自其他

不曾瞭解的心靈角落。傷心過，但現在無所謂。

署名之中曾經暗中欣賞過幾個，

並且希望住在他們的隔壁。但是

需要安慰的時候，他們在報紙和電視中

給兇手穿襪子，揮去海盜先生額頭的灰塵。

不相信，現在是真正的不相信。

休想欺騙一個正在學會思考的詩人。

仍舊不會騎自行車，不會游泳。喜歡步行

與睡覺。害怕急馳而過的卡車，但對

轎車保持著輕蔑。在夢境的游泳池中

暈眩，以為自己就要死了。不能呼吸。

誇張地恐懼與敘事。更害怕電死。

抽搐著描述社會風景之中的暴戾。

在街角與陌生人交談。把手錶借給他看。

頭髮灰白。轉動手裡粗大的雪茄。

沒有想過去看看大海，看看那些

陰暗的怪石。它作為名詞或許能夠概括

大海的一生。而這些正是我要說的驕傲。

也許不是什麼驕傲，只是激情的灰燼，

灰燼之中零散的火星，照耀我的孤獨。

2007.11.26.

哈爾濱

倖存者活到何年
才變成苟活者？
我沒算過，沒人計算
雪的化妝能力。

講給你聽，
你以為這是傳說。
為什麼懷著必死的決心？
為什麼雪融不化？

一個人的熱度是不夠的。
加上妻子以及友人
仍舊不夠。
哈爾濱比奧斯威辛大。

沒人相信。
我自己不免猶疑不定：
這是不恰當的比較。
雙胞胎的面孔也有不像的。

廣場的雪被車輪

碾成灰白的雪粉。

秋林地下通道關閉著，

夜班車在總站裡咳嗽。

風雪之中的步行者

活到何年才變成

一個幸福的讀者？

沒人算過風雪的計算能力。

2007.12.29.

大直街冬日街景

我稀哩糊塗地從煙廠下車。

硬地無雪，車輛不多，行人只有我一個。

年沒有過完，鞭炮仍在劈哩啪啦，

彷彿末流的音樂會。單薄的楊枝

衝著煙霧的總譜比比劃劃。

煙廠的煙味兒和鞭炮的硫磺味兒沒有聞到。

雪下到了南方，而去年滿城是雪，

或許前年。日記裡肯定寫著，我不想回顧。

——沒有什麼是值得記住的。

如果將房子拆掉，將街名改成別的，再死掉一批人，

這條街或者這座城市就是新的。

藏在夾層裡的日記，寫的那些舊事，也就不像真的。

餓死過人？別胡扯了；一個人能編三套臺詞，

而且不假思索地說給攝像機、同事和情人？

我小心地繞過冰粥，將灰綠的毛線帽向下拉拉，

彷彿對面過來的是一個熟人，而不是風。

2008.2.22.

社交的啟蒙

咖啡是即溶的，猶如你我之間的交談，

被風吹走，或者留在反叛的胃裡。

你探過頭來，給我看新近轉發的色情短信，

機智地將隱私與政治熔成一體，彷彿

精緻的雕刻之中的紋路。裡面的資訊是豐富的。

你誇作者是個天才，像你一樣坐在圓桌的對面，

為頹廢者和無聊者創造一種卑微的興趣。

我透過玻璃桌面，看見你新買的西褲。

我看不清商標的全部，只能看見紅色的A。

它不是判決。沒誰敢自稱無辜的判決者。

哪怕是發芽的榆樹，它為欲望做過多少次代言？

你照例從單位風雲談起，然後是國際盛宴，

我們是善良的，觀察家全是險惡的。

他們的分析全是別有用心的公雞，鳴叫著

飛上如煙的樹巔，喘息著，俯瞰著一切。

然後再談西藏一個寫詩的僧侶和他對女性的讚美。

他臨近雪山大湖，冰冷的湖水彷彿命運的終點。

然後是各自的家庭，女兒出乎意料的妙語：

牧童說狼來啦的假話沒有危險，而他說

狼來啦的真話的時候反而被狼一口吃掉。

你目瞪口呆。她對塵世已有自己的認識。

但是你不能辨析哪些是她的，哪些是電視的。

你自己說的從來都有根有據，出自經典或者文件。

也就是說，你說的從來都是別人曾經說過的。

沒有風險，或者適度的冒險，潛入你的臥室。

但是你稱之為洗澡的方式卻不能避免。

猶如窗外吹進的陰風，將室內的煙氣拱散。

你分不出哪縷煙是靈芝的，哪縷煙是中南海的。

它們此時此刻扮演著謀殺時間的同案犯。

一天徹底死掉，什麼痕跡都沒留下。

但是你感覺你比昨天稍微明白一些。

但是有的地方你卻退到前天。你懵懂而吃驚地

望著牆上閱評小組的報告。我沒有提醒你。

我只把新近看的書名告訴你。茅海建對晚清的描述，

或者阿倫特對我們生活特徵的控訴。

除了讓你痛苦，就是提高你的狡辯能力。

你所向披靡。你得意洋洋。但是你不相信你說的──

你肯定地向我點頭。我明白沒有信仰的境地。

時髦的女同事穿著灰色的裙裝，端著咖啡杯走過。

你沒看她灰白的小腿，你盯著她手中的杯子。

似乎就是你昨天用過的那只。紅藍白的橫紋，

彷彿一面國旗。你認不出這是俄國還是法國。

明天是不存在的。你彷彿坐在沃爾沃巴士之中。

頂燈關閉。窗外的夜色闌珊。你孤獨地坐著。

我像看一場電影，把自己推離圓桌一尺。

2008.4.13.

試試羅扎斯基的寫詩法

我的名字是某某，而不是桑克。

我戴眼鏡，個子不高，有腳氣，而且心眼小。

我的父母住在鄉下，舅舅雖近，但我卻沒去看他。

我沒有一個情人，也沒有一個兒子。

我沒什麼感覺，除了活著就是沒勁。

我沒什麼需要，除了工資就是尊敬。

我給予過什麼，我全都不記得了。

我為末日擔心，為認識的人和不認識的人。

我喜歡看風景，但是不想住在裡面。

我住在哈爾濱，對它的看法比較複雜。

我姓李，但願你能相信我說的鬼話。

2008.7.15.

犬儒的智慧

看見倒楣的事情或者災難
我想閉眼馬上睡過去。等我醒來的時候，
好像什麼都沒有發生。沒有什麼倒楣的
事情或者災難。它們根本沒有出現過，
甚至夢境它們也不敢騷擾。安靜的，平靜的，
什麼也沒有發生。當我還是一個孩子的時候，
我就用這種方法對付教師，對付雪天，
對付我認為倒楣的秋天。荒涼的秋天
為什麼在油畫中是燦爛的？我不明白，所以
我現在仍舊用這種方法對付貧窮，對付戰爭
或者異化的單位以及潛伏的漫漫黑夜。
我不是逃避，不是想像力過剩，我懂得忍受，
懂得憐憫，懂得關於應付的各種技巧。
我閉眼馬上睡過去，好像一支薰香或者一支
勃根地酒把我拽進一個陌生的地方。
絕對不是夢境，像是酒吧。
亂七八糟的鬧哄哄的酒吧，什麼也聽不清楚。
我想馬上閉眼馬上睡過去。無論看見
倒楣的事情或者美貌的災難我都義無反顧地
睡過去。我自鳴得意，我自命不凡——
其實愚蠢得要命。但是我僥倖活了下來。

在海嘯與瘟疫之後，在核戰爭之後
活了下來。我睜眼望著乾淨的地球——
乾淨的，荒涼的——彷彿我在旅行中途看見
一塊陌生的沙丘。我不是一個旅行者。
我不是一個哲學家。我不是一個教授。
我是一個憑藉風力或者罌粟飛行的人，
我在荒涼的半空看見鳥群匍匐在沙丘之上
彷彿一群剛剛長出絨毛的鴨子。

2008.10.30.

狐狸

對狐狸的蔑視或許來自於業餘作者一次
對狐狸自然屬性並不全面的觀察與描述，
隨便抓住一個嫵媚或者騷悶的特徵
就大做文章，構成一條湍流不息的黃河，
再佐以浪花的挑唆與礁石的梗阻助興，狐狸漸漸
脫離森林的庇佑而偷渡人類的租界，漸漸與
貓頭鷹、烏鴉或者渡鴉一樣成為人類口水的
痰盂，或者一位隱晦的哀傷的外室──
不同緯度的森林，狐狸擁有不同的容貌：
長耳短耳當公民，寬耳窄耳做奴隸。
而你在動物園的監獄之中只能目睹一個
孤獨的穿著灰黃色的毛衣的囚徒，沒有一個人是
真正地喜歡它的，包括自稱非狐狸精不娶的
銀行主管，非狐狸王不嫁的汽車模特。而我
也不喜歡它，雖然我曾在進山植樹途中看見
它人立而起──我並不驚奇與恐懼；
關於它的兇殘大多來自報紙的傳聞──
究竟有多少報紙是可以相信的？究竟有多少報紙
控制著判斷的神經元？我不清楚，我不知道。
我只是不喜歡毛皮動物而已，何況
我確實不暸解狐狸的生活，不暸解她的飲食結構，

不瞭解她的星座她的血型，她出生之際
月亮所處黃道的位置。有誰瞭解狐狸的
靈魂？有誰看見過寒冷的雪野之中
遊弋的狐狸？我分不清它與枯葦的差異，
分不清它與陰暗的血脈之間曖昧的關係。
我滿懷疑問，卻不能向一隻真正的狐狸請教。
當我向一位自稱老狐狸的教授表演
困惑的時候，教授漠然一笑，不予置評。不知道
他是毫無想法還是微言大義俱藏心中？

2008.12.11.

夜店

加沙彷彿摻雜大麻的中南海，
在你與她的唇間傳遞。她的口紅
是什麼牌子的？如果你脫口而出，
就證明你不止擁有一個女人。
這是今夜的禁忌，而明天將有明天的。
轉眼間，某年憲章取代加沙，
在她與老白的嘴邊傳遞。你暗自思忖：
我除了坐在這裡胡扯，還能做些什麼？
你是一手無縛雞之力的知識份子，
還是一虛有中產階級之名的窮鬼？
你坐而論道，不能奮而起自雞群。
你不是沒有膽量，只是習慣張嘴，
習慣用暴力之外的花花腸子。
這是教育賦予你的還是文化賦予你的？
你懶得區分。體制藉口已然過時，
年輕當然也不復化裝舞會耐用的面具。
你窩在拐角沙發之中，望著
眼前熟透的友人或者半生不熟的友人，
今夜之後肯定消逝的過客們。
紛紜的說辭哪些是真的，哪些是假的？
你把加沙遞給政治學教授，他卻

把必爭之物順手扔進坐便造型的煙缸。

「我只抽自己的。」他抽出一支中華。

昨夜他還聲稱只抽三五。抽煙果然是

鑒別道德類型的衡器。以前

你只相信飲品：咖啡或茶水。

紅茶或綠茶。發酵或半發酵。

你曾經篤信容貌，現在仍舊篤信：

心靈醜陋，容貌也一定醜陋；

而容貌漂亮，心靈卻不一定。

甚至沒有心靈。而她幾乎是德藝雙馨，

不知為何淪落至此？她似乎看出

你的狐疑：我喜歡現在。我爺爺曾是

四野的將軍。你沒吃驚。你瞭解

你並不覬覦權力。但是如果登基，

你也必是中國版的羅慕路斯，

餵養一隻名叫羅馬的小雞。如果

把那些小雞全都換成中國名字怎麼樣？

如同把李爾王換成黎琊王？文化本身

是複雜的，你因此賈禍，因此而成為

一個國家的敵人。你，有些迷離。

是老白暗中將水果茶換成波爾多。

「沒有一杯依雲是純的，可恨的
氯化鈉！」她的聲音在耳邊吹來吹去。
對面的聲音飄來，使她的小美聲
變成一種複合的弱於市聲的氣息。
她親昵地叫著叫獸叫獸──
而教授曖昧地望著小提琴手。
他在鳥蛋劇院聽過她的帕格尼尼。
他的心當時就碎了，而現在
他的心浮到喉管，與上湧的酒液
處於同一高度。你胡思亂想著：如果
阿嘉莎・克利絲蒂活著，會不會
把夜店當作謀殺現場？而我應該
謀殺誰呢？她是無辜的，教授是
無辜的，小提琴手是無辜的。
我只能自殺？我也是無辜的。
那些男女侍者或許也都是無辜的。
因為貧窮而導致的罪惡不能算是罪惡
──這是我說的還是我讀過的哪本書
說的？我頭痛欲裂。女小靜
站在螢幕之前唱著毛澤東。多樸素的
女藝人！和電視訪談的妖冶判若兩人。

「她肯定不止和我上過床？
我就愛她表面的乾淨！」又一輪
乾杯時刻到了。「為了沃爾夫！」
老白沒頭沒腦地提議。你顫抖了一下。
「不是沃爾瑪！」老白追著補充。
她笑。你抽她一個耳光，她把酒
潑到你的臉上。教授啜泣，好像剛剛
收到訃告的短信。女小靜靠著你
微笑，好像一滴酒也沒沾過。
你掀開酒水編織的眼簾，凝望著
教授的手，好像三姑媽一樣又肥又白。

2009.1.8.

字幕組

你怕倒退的出現猶如禿鷲的出現。
陰風襲襲，暗無天日，再也不能目睹
字幕電影的碎碎念。你來不及梳理或
調整嶄新的邏輯關係——即使你忍痛
調整邏輯關係也不能避免破碎的
命運，如同歷史曾經演繹的轉折或者
違心的戲劇。你怕倒退的出現，甚於
不能進步的烏雲的出現——不能進步
不過意味著停滯，而倒退將剝去
你們辛苦的十年，廿年，或者更多的
年月。保安的王實味，湘西的沈從文。
怎麼妥協或者喘息？我承認我痛苦地
承認我曾經妥協，而且我從來不
奢求未來任何人的寬恕與理解。你怕
禿鷲的出現猶如倒退的出現。血與肉
四處橫飛，不管肉體的或者精神的飛。
道德創傷已經形成，而靈魂醫院
尚且停在草圖之中。素描的線條多麼
羸弱，你與謬誤的淵源多麼一往情深。
不能倒退，彷彿一塊髒抹布搖身一變
成為一塊乾手巾或者一張髒報紙

搖身一變成為一塊乾電池。刪刪改改。

你看看吧：棄絕的徹底棄絕；死去的

不能復活。絕不倒退。預防或者警惕，

堅守或者狙擊，彷彿麥田守望者

與反復寫著字母 Z 的傲慢的閃電。

2009.1.18.

今天

——為楊銘四十歲生日而作

昨天我在滑雪，你在爬山，
拍攝冬天的雪景，還有人，還有危險的
寧靜的樹木。今天，是一個特殊的日子。
生命需要一個小結，或者一個小小的停頓，
回顧一下，或者斂容沉思。
以前是怎樣的起伏，以後是怎樣的流暢。
或者顛倒一下。明天是一個普通的日子，
瑣碎的生活，單調的工作。
雨與雪交替掙扎著。步道板
光滑而陰鷙，彷彿一部直率的小說。
你只是需要克服走路的困難，
只是需要沉浸在自己的小世界之中。
停車，種菜，饋贈你的溫暖。
微不足道的快樂與微不足道的尊敬。
然後是寂靜，是忙碌的清潔的記憶。
亞布力的群山，看起來是矮的，
爬起來想必是艱難的。我從山上
心驚膽顫地滑下來。漸漸就
熟練了。回轉，加速，聽著風聲。
而你繼續擺弄著數碼相機，纜車，雪影，
藍色的林間的雪道，電線杆，看見

一隻駐足樹梢的鷹。風聲沒有出現在取景框裡，
它就在你的耳邊呼嘯著，勤懇地
扮演著自己製造寒冷的角色。

2009.3.6.

讀徐中約《中國近代史》第四十章

可以更加傲慢而有理。
傲慢的體力，有理的血液。
陰霾是蒼天賦予的。我呢？
只是配以適當的表情。

適當的陣雨或者怒氣，
或者一首昔日之詩的隱晦。
姓陸的和姓徐的，我記得
你們的雙字名三字名。

不打算絞死你，猶如
某位貌似嚴父的伊拉克人。
虛擬的柱子是必釘的，
不是為了懲罰，而是告誡。

告誡剛剛入學的新生：
任何時候，你們都比鐵器
柔軟，而且你的嘴巴
具有鮮為人知的第二功能。

不必回憶，悲痛就是
我們的生活。更不必湮滅，
我們還沒死呢，還沒
改名熱愛老大哥的溫斯頓。

日子的癌細胞一天一天地
擴散，猶如豐收的房地產，
我們的快樂是沒有的，
我們的虛無是有力的，

而且已經抵達了中年。
飽滿，蘊藉，猶如石頭的
烏雲，看起來輕飄飄，
砸下來，誰痛誰知道！

2009.4.16.

冬夜的懷舊之夢

前夜夢見寫詩，一首五言的
舊體詩（我驚詫我是反對
寫這種體式的詩的），在一棵古老的
松樹下醉臥，與千里之外的故人一起
看著夕陽墜落──此時此刻，
我的憂慮與快樂全都化成了空無。
大體就是這個意思。而昨夜夢見故人，
一個與我來往不多的故人（我經常
夢見故人的，而且不同時期不同地方的故人
全都混在一起），這個故人是活著的，
在一個說著方言的城市裡教書。
交往的時候，彼此只是交談，或者
渠在大庭廣眾之下眩目的時候，
我為渠拿著包兒──我的榮幸，嚴重的一次
不過是把我氣哭了──竟被氣哭，
這是連我自己也想不到的。
舊詩，故人，我大約是到了懷舊的年紀，
到了衰老的年紀。而我曾經將之解釋為
對歷史源流的探究，或者對某些
安全感的擁抱。未來是不安寧的，
現實是庸常的冬夜，只有過去，在記憶的

篩眼之下留下的盡是燦爛的溫和的
部分，猶如舊詩與故人所象徵的。

2009.12.11.

1990-1999

發現

我看到了你的旗幟

如此黑暗

它的表面一種銀白色的光澤

正處興旺的少年時代

我想遺忘

一些東西

但風所鼓舞的事物

卻迫使純潔的我

不知所措

我向仁慈的主哭訴

你為什麼讓我看見

你的背後

讓我的神經和靈魂

分離的內容

讓我目瞪口呆

看著天年如戀愛的樹葉

從枝頭墜落

1990.2.7.

我的瘋狂多麼寧靜

我的瘋狂多麼寧靜

我害怕權利和害怕自己一樣令所有

愛我的人，愛我的接骨草和大樹

暗暗吃驚

你們該瞭解我，我是怎樣的一個心靈

我在這個國度生活已經不幸

我到哪裡才能真正袒露我天空一樣的心胸

那裡面的風和水鳥怎樣地美麗和年輕

我的瘋狂多麼寧靜啊

我的時代怎樣地知道我的光輝

在每個凡人降臨的地方聖人成群結隊

請你們張開眼睛，心情莊重

來自天堂的耳朵將你們仔細聆聽

給你們水、麵包、陽光和春天

以及如泣如訴的琴聲

1990.5.2.

我知道這些對你沒有意義……

我知道這些對你

沒有意義

甚至對我

也一樣

我是明知故犯的最後的人

我只是想

保留

這一點點、一點點的人的痕跡

也許你

（我不知你是什麼）

會猜想這些痕跡的製作者

他們的屍骨早是無跡可尋的

灰燼

你那個時代可有火焰？

你可知火焰的形狀和氣味？

我無法解釋

這些沒有意義

我已不悲哀了，我將活到八十歲

我假定，1990年9月

（這是什麼樣的紀年）

我實際二十三歲

我的配偶正年輕

這些沒有意義

人類嘴巴發出的聲音沒有

意義

未來三、五個世紀甚至更多的世紀

一個小姑娘

將讀我的詩句，淚水簌簌

請讓我，年輕的古代人

在你夜夢的幻境中

踏著雲朵而來

來吻你陌生而神祕的睡眠

1990.10.21.

桑克永遠是一個孩子

沒有什麼，沒有毀滅
沒有一團虛幻的火焰
沒有燃燒，在未來的鏡子深處

沒有刀，沒有血和寂靜
沒有這個暗青色的下午
沒有我
沒有一位人類的父親穿過大畫中心的道路

沒有棋藝，沒有手和手心紅紙裁剪的盲目
沒有別離，沒有你曾說的難以忘懷的事物
沒有雪作的最小的柔軟的女兒
沒有黑暗中模糊的玫瑰和鳥語

沒有時間，沒有儲藏苦難的職業
沒有占星術士和晚餐
沒有星辰和大地
沒有星辰的閃爍和大地的傷悲

沒有什麼，燃燒未來的鏡子

沒有一團虛幻的火焰毀滅

沒有深處和準則

沒有一輪太陽沉淪

沒有一個孩子溺水

沒有我

沒有一位人類的父親穿過大畫中心

1991.3.11.

為廁所水箱的水滴而作的賦格

你在我們的頭顱之上，你可以緊握
比我們或存在更為高遠的大手
它在虛幻的火焰或春霧中輕輕搖晃
像風搖晃悲傷

沿著生銹的水管向更深處邁進，更深處
懷抱無數隱私和奧秘，淡漠的我們
謙卑的我們目睹優秀的耳朵之花怒放
一碟小小而錯落的蜂窩——璀璨的家鄉

返照早已註定的宿命，甚至一次巨大的變異
陰險而詭秘，注視你圓潤的質地和形狀
你是為誰而來
暗紅色的水管的血注入你內臟的中心

內心的星辰瞬息墜落，如同
仰面觸及冰冷而親切的你的肉體
這有何區別？與自殺者、演奏者
以及雨窗之外四季完美地更疊

1991.3.20.

為撒韜而寫的英雄序曲

我們一生所見過的旗子
我們一生所夢見過的旗子，那襤褸的鮮豔的
旗子，我們的隊伍，我們隊伍下面的
陰影，一塊血跡

我的心，我們許多安眠的好兄弟
我的好兄弟
我的一去不回頭的好兄弟，把你的手
給我，我活下去

我一定活下去。誓言
拳頭緊握。淚水滲出
我們的心，我的好兄弟

我的好妹妹，別再回頭
我的旗子在我們的心裡
一把鋒利的刀子，即將拔穗

1991.7.4.

自新·戰爭

找到你正面的意義。

正面的意義讓我活得更痛快！而痛快於我

是沒有夢的安眠。我靜靜躺在地下旅館的床上

我像一具真正的屍體。我在安眠。什麼也沒有夢見

正面的意義在日本。危險的憂慮

而北方浮冰崩潰，摹仿漫天星辰。今日下午

星辰和小說同樣讓我厭倦。那些熟悉的親切的

形容詞讓我噁心。腐爛的麵包和大麥餅

一根縫衣針。粗糙的利刃。滿臉興奮的血漿

塗抹日常生活的無味。飽食終日與飢餓終日

有何區別？既然正面的意義已決定光臨人類的領土

這圓球般的機場早已落滿軍用飛機和重磅核彈

上蒼的決心。我的心願

化作漫天蝴蝶翅膀的我的碎片。天真。飽滿。

1992.1.14.

咫尺十四行

我心中終是不快。
我心終究不能抵達宿命的心。
而且我的頭髮落滿積雪。
而且你的面容，噢，痛苦不能描述。

誰也不明白我在作什麼。
誰也不明白我為什麼至今仍孑然一身。
永遠都是一個人在此去的路上。
在路上，我已不再偷偷唱歌，只是流淚。

我不念你的名字，燙舌的名字。
身子隨歲月枯萎而名字永遠年輕。
我那死去千百次的孩子母親的名字。

已忘卻曾有的言語和舉動。
是你和你的友人已經忘卻而我記著。
我：一座廢舊的倉庫。除了傷痕就是灰塵。

1992.2.18.

拉砂路（拉撒路）

前燈的光灑出去，唯有
眼前巴掌大的光亮，盡頭
彷彿有一只麻袋，將光裝走
針腳縫得細密，一點兒也沒有洩漏

路面的石礫、草棍，兩側
向後倒飛的楊樹，一隻從耕地
跑來的野兔，在亮光中一閃
消逝在無星的黑夜腹部

鐵鍬在車斗裡鏟著鐵皮
哐啷，哐啷，和發動機，和心
一樣暴躁，四周全是黑的
對面連一輛卡車都沒有

在黑暗中，一輛輪式拖拉機
彷彿已行走了一生，它暗暗
禱告：到了彌留之際，到了楊崗
請給我一粒河砂大小的星

1992.3.24.

別把小肋骨折斷

別把小肋骨折斷，巴比倫城。

在這迷濛的大雨中，我的祈禱也像雨。

我從不因為什麼而祈禱，只是祈禱令我——心寧。

在地段街的午夜，我當是學院南路，沉寂。

我當是後花園，丁香也只有墨綠的葉子，彷彿刺蝟。

我，旅行者，看見莎士比亞走出劇院。

街上，灑水車的污漬，在月色下反光。

你握一下我的手，也留下一枚五角星。

也彷彿雪花兒，把一生當作一個季節，一個夜。

1993.7.20.

獻詩

我來過了。

但我並沒有得到什麼，我心中的禮物

也沒有贈送出去，我不知誰會接受。

贈送陌生人禮物是不禮貌的。

我注視他們岩石一樣的面孔，我想：你們在想什麼？

你們有什麼悲傷？

我的耳朵不怎麼好使，我聽不清你們嘟嚕什麼？

我想好好地聽，我也想好好地聽聽自己的心靈。

但我什麼也聽不見，什麼也看不見，

我自言自語，在你們的耳邊像蚊子一樣跳著圓舞。

我是該做點什麼，至少為你們的時代？

那是一小段時間中的木材，它在燃燒，釋放香味，

揭開糨糊封住的長信，你知道：祕密是不能

見陽光的，陽光曬化了它，陽光損傷了它。

一個傷痕累累的孩子站在椅子上：「爸爸，我要飛

　　了。」

我看見他在草叢頂上飛行，陪伴他的

是蝴蝶、蜻蜓、蒼蠅、牛虻……

他在草群中間旋轉，然後滑向遠處的水塘。

我看見岩石一樣的面孔圍著半匙大小的水塘，

上面氣泡漸漸縮小，像失去水分的花瓣。

我怎麼能夠忍受這長夜？

我怎麼能夠忍受這和平的愛護？

在這些書裡，把自己埋葬。

視窗露出縫隙，噢，那微光的圓筒

顯示了灰塵，噢，這淨室，飄滿了旋轉的危險的

　　敵人。

1993.9.7.

新年

隨便寫幾個字,在筆記簿上,瞬間,淚就來了
彷彿年輕時候的樣子,面鏡中,陌生人在苦笑:
新年好,苦人兒。孤單的人在蒼穹向下方灑麵
整個城市披了白的喪衣,蹲伏著。
這時寫信寄給誰呢?陌生人的信在郵箱裡睡著。
客廳裡,先生太太和小兒女,正在吹蠟燭。
沒人出現在旅館的房間裡,鐵皮被風搗得很響。
有個鬼魂出現也好。對著舊書念咒語,沒人應,他
　　們休息了。
你想這時睡在母親懷抱裡的那個孩子是誰呢?
他終將被舍出去,彷彿一個啟示。
瑟縮在報紙、薄大衣裡,聽火車的聲音把遠方的寒
　　冷也收集來。
多少個冬天都在一個桌上聚會了,握手,寒暄。
他們的膝上,一個孩子,嘴唇紫紫的,僵硬的手握
　　著一隻羽毛筆。
「冬天,我是最幸福的,因為人們都彷彿洗過了。」

1993.12.30.

霧

那道霧，該在最後出現的，

而現在，在這關鍵的中途，它卻晃著懷孕的身子
　　來了，

誰好意思從它腹部穿過去？誰好意思呢，面對這樣
　　的存在。

我只好等著它散去，這樣的等需要耐心，或到北斗
　　七星改變形狀的時候，

也沒甚麼指望，我想該找些事做，於是我發明了打
　　鐵、棋藝和詩。

在詩中，我竟建立了另一個國度：只有細細的雨
　　兒，小兒女似地伏在膝前，

那些星辰的耳墜在她的髮間搖曳，還有那管老鋼筆，

在她的手心滴出墨液，流得很均勻，那幾個字，我
　　是認得的，

那幾個字，我怎能忘記呢？我想這是我最後一次擁
　　有奧秘的機會了，

我在這個時候，早就忘記最初的使命了。

　　　　　　　　　　　　　　　　1994.5.20.

人類十戒

那些讓我陷入絕境的東西同時也讓我快樂。

它已經足夠飽滿，就像我的身體在風的鼓舞之下。

我的目的僅僅是將它挽留，因為我不能想抵達此處
　　就抵達。

但願你能明白這裡的妙處，但願這妙處將你引入偉
　　大的歧途。

純潔並非單一，它可能比酒精還要含混。

不要緊，你有的是時間，你要把時間鎖進神聖的抽
　　屜中。

這還算是我的一點建議：寫日記，寫信，給不存在
　　的事物。

當你陰鬱的時候，你要沉睡，你要夢見雅典的玫瑰。

以後你會漸漸清晰，甚至澄澈。

以後你會看見那神泰然自若走在塵土的縫隙。

但你要記住，不要和它說話，你要以你的沉默報答
　　它的沉默。

你的福氣已超過任何一位世人，你的福氣要好好地
　　保存。

你要培養你本性中好的一面。

你要學會對一切表示懷疑。

你將是第一個和神走在一條幽徑上的人。

但你不是最後一個，因為你的集體將是世上最龐大
　　的序列。

我為你歡愉，我為你的憂慮已融入大氣。

你自己將是你自己的命運。

這一切從你內省的那一日就已開始。

就已開始了命中註定的福音與勞頓。

1994.6.22.

沉沒的聖索菲亞大教堂

我哭了，為一頂帽子。
它在髮裡的哭聲蓋過我。
它在路上，我在水中。

我像一片橘林棲居人的心上。
我的藏刀殺不死人，卻有血光。
哦，秋天，哦，末日，你把我雙眼毀滅。

寶貝兒在搖籃裡。
不回來的敵人被草拴住。
我有一個法子多麼悽楚。

唱著復活節的曲子，我睡了。
有一個機會，我看見了我主基督。
拿著羊鞭，抽打肥胖的城。

1994.8.4.

創
世
紀

星期一：會議。頭兒讓我想想
我們的時代是否出了問題。
我想：暖氣管漏了，溫和的水滴
在荷花褥上描繪辛巴達的航路。

星期二：我奉命和陌生人接觸。
我提問，包括他絢爛的私生活。
你和那個猶太女人上了幾次床？
他的寬沿麥秸帽，被愛達荷的風吹落。

星期三：我記下見面的全部。
去掉應該去掉的。頭兒命令我。
我完成了遺囑：把它放在格式裡。
它的花俏，勝過我師兄的雜耍手藝。

星期四：我看見了局面。現在被
稱為全體，沒人理會這個荏兒。
莫林埋頭想著心事。我添了一兩個
標點，它們看起來像塊豆腐。

星期五：在第六道街，人們在讀。

他們不知道我是父親。

他們受了影響，我敢肯定。

是陰影？是亮斑？這一日他們屬於我。

星期六：莫林拿它擦鼻涕，頭兒

在吃藍色的水果。我懂：作業

到此結束。

禮拜日：我睡覺，這是遠大的抱負。

1995.1.11.

致保羅・策蘭

我在你一頭栽倒之處啟程。

那是沉寂的，那是雪白的。

我曉得，我栽倒之處，荊棘密佈

忘川涓涓，身體上面踏著一個年輕的世界。

他和我有一樣薄脆的命運。

我和你，今天早晨就是這樣。

跳圓舞，相互擁抱，把蠟燭

一根根撞斷，在起皺的地板革上。

所有的幽魂都爬到我的面孔內部，

我思忖：它們就要為你發言。

1995.1.21.

在第三號國家公路上

公共汽車裡，豬群向窗外張望

咩咩叫的賓士700型小轎車裡，一個人猿

把他的右手繞到左手上。仇視靜靜地

從大地的四角向這裡圍攏。

我，必須是其中一個。沒有第三輛車打這兒

經過。也許我該步行。從北部

到南部，每一座山都是一座墳墓。

而在公共汽車裡（我想我會變得肥胖）或

賓士轎車裡（兩腮下陷，如同沼澤）

除了抽自己的嘴巴，其他事，我不屑一做。

而嘴巴石化了，還有那無邊的夜色

我渺小的手怎夠得上它？只能

向窗外張望，微笑，像別的內省的

豬，面臨刑場表現的那樣。

1995.7.9.

新聞課

這一課我講的是：一張報紙

乘坐「美媛號」列車，贈給大夥兒

關於歡樂的流言蜚語，以及

猜手影的遊戲——

貴族們在大標題上闡述

雙關語的智慧，而實習生

只能根據漫像筆劃拼寫

「油滑」一詞。千篇一律！光頭黨

正襟危坐通緝犯專欄，而馬弁

一些正在逃竄

另一些已從月球上捉回

1996.1.2.

導演在排練《變形記》時的一次演說

我們的時代（這是一個多麼荒唐的短語，理由
只有一個，包廂裡的人物甚至認為這是唯一的
一個：它包涵了過多的狂妄自大、佔有欲以及
念念不忘的時間感——蘋果花在肺部開放而感
偌大的空虛）像什麼東西，或者是什麼玩意兒？
（這個句型古老而結實，像死者的牙齒把墳墓
邊緣的水泥咬出空隙，好令從事農耕業的鳥類
將草籽播入——我們在編寫劇本的初期完全能
體會它的絕望——可憐的弗蘭茨為什麼會摹仿
一隻甲蟲而不扮演這隻鳥？這化鳥的過程多麼
優美，酷肖傳統的舞蹈在枝梢隨風而起，而至
遲暮之年）我們擁有準確的資料：官方發言人
以及他的子子孫孫。圖像。聲音。字。「一切
好得不能再好。」所以，所以我們在六月裡坐在
一大片水泥地上，聊天氣，吐舌頭，或鼓足
勇氣向一位奶奶求愛（這是一個危險的時刻
即使誰也不愛他，也會為他的降臨而大呼慶幸
我把油彩攪勻，在汽水中，我目睹五彩斑斕的
面具在飛舞，在凱旋。我們在靜寂：在括弧裡
人類的信仰在安眠），「我們」這個詞正在變胖
兩個格子，已裝不下它半個拳頭。我是第一次

瞭解：我是我們的果實（似乎我把兩隻手舉過

顱頂，而真相是：兩隻蘋果砸進我們的嘴中）

你們呢？在吸塵器裡的德行，還用說嗎？嘿嘿

1996.5.5.

回憶錄

50年後，馬蒂回憶某日：

「是啊，的確淒涼，天總是下著雨。」

而其實不是這樣：生活異常

熱鬧，孩子早已煮剩了渣，在這沸水中。

1996.6.19.

如今的生活

讓他怎麼說呢？如今的生活
和樹群、星辰們的宴會，那麼不同。
忽然，他成了城市的一員（垃圾們在這兒
受寵），那枚鄉村的胡蘿蔔，連一丁點兒的
影子也無處搜尋。「喂，買張火車票就能返回
心靈的北京。」哪有這麼輕易！他想說：
我正在悄悄抽泣。而落雪冷冷地打量著
他，隔著雙層鋸末玻璃：「他的面孔還是
那麼冰冷而鎮定，就像我們⋯⋯」
就像你們從暮色或豬那裡學到的表情。

1997.1.8.

怨歌行

對在邊境地區戍守的夫君
的思念，並不妨礙她對每週
約會一次的情人的依戀，何況
他對法律勇敢地蔑視（關於
軍人婚姻神聖不可侵犯的部分）
多少增加她對自由的曲解，正如
她對已懷疑她的學生所說：
我們對明天的考試無從把握；
暗示神祕的暴風雨的降臨：
她必須時刻警惕防盜門
突然開啟，綠帽子下一張噴火
的臉，他在火車上白白設計了
虛擬的甜蜜的會面。他攜帶
的富於象徵意味的禮物：一蓬
駱駝刺，在他開門的一剎那
萎掉還是尖挺？這全要看她
早晨對菜市場怨恨程度的深淺。

1997.12.21.

卡車

卡車遠遠駛來，我看見了。
在交通管制的區域裡，它的出現
讓小轎車的主人吃驚，彷彿一個間諜
大模大樣坐在主席臺上，甚至模仿
勃列日涅夫，做關於地鐵車站具有
烏托邦意義的演講。卡車並不理會
一個站在路邊看它的無聊人的幻想。
它表情全無，隱匿在金屬外殼深處，
讓我，還有幾個戴眼鏡的醉漢誤以為
它類似孤獨的英雄，誰也沒想在它的
司機位置上連一隻暹羅貓都沒有。
我也是在它強行與銀行大廈接吻時
才發現這個祕密。一個警察薅住我的
脖領把我甩到一株榆樹背上，並罵我
是「一個缺乏同情心的日本人。」我幸災樂禍，
我知道明天《生活報》頭版頭條將會怎麼寫：
「一輛卡車逃出瘋人院企圖非禮銀府／淫婦」
我準備好了，把記者證一交，回農場。

1997.12.3.

五月風暴

他死得從容，莊嚴，乾脆。
惹得情婦們噗嚕噗嚕痛哭。
他的寬容僅僅出於友情。
如果那是陌生人，他會將
fuck you至少抄寫五十遍。

有教養的女人必將這部分
燒掉，以保護一個紳士
懦弱的形象。瓷窯的壁龕上
供人敬仰的是窯子神
大街上洶湧著朝氣蓬勃的野蠻人

知識份子的鴉片儲量還太少
不足以維持一個國家的安定。
他犯下太多值得回憶的罪行
他寧願爸爸知道，也不願讓
在馬路牙子旁睡覺的市民知曉

他們會因他左腿上的一粒黑痣
而說他是一個黑人，如果那是
在林肯出生之前的密西西比。

上帝會因他的這種認識降下雷電。

而有人則為這家人似的爭吵著迷。

1998.5.24.

禮拜日

一宿的忙碌換來
全天的酣睡
　　開始很舒服
　　後來很痛苦

皺著眉醒來
轉首看看臀後
好像丟了東西
貴重，卻忘了名字

我是麻木的人
距離絕望的要求
還需付出更多的
努力，那太完美了

胳膊或者腿等等
似乎抽去了骨頭
掛在被稱作人的
恥辱柱上，晃蕩

想起每一個遇見的
人：同僚，朋友
父母，女人，某某
為什麼那麼不可靠？

教堂越來越使我
糊塗，雖然記性
正隨水銀柱下降
難道是路線錯誤？

幽默變得輕佻
羅莉變成朱麗
假新聞搖身一變
成為樸素的歷史

抱怨，憤怒，暴力
便宜得人人可購
而我的信仰在
洗臉時又輕易得到

1998.8.26.

興凱鎮的廚子之劇院經理

各位觀眾，請您安靜

現在宣佈幾條不痛不癢的規定

不許吸煙，煙有害健康

不許吃帶皮食物，這會增加

清潔工的任務量，我要為她

加獎金，才能避免她的任性

不許來回走動，上衛生間

請等終場，要知道：戲劇是

上帝對諸位耐心活著的獎賞

其實，我也清楚，這話冠冕堂皇

說實在的，您坐穩屁股

我就可以請記者兄弟在報上

敲鑼打鼓，讓上級知道

哥幾個不是廢物，也是文化的幹將

讓更多的市民掏腰包

原就是劇院的老本行

只是電視搶我的生意

害得我晝夜冥思苦想

我也想學學王掌櫃

聘些個細皮嫩肉的女招待改良改良

吓，瞧我這嘴，說說就跑調

請諸位準備好心眼兒

看我們的戲不用抹淚兒的手絹兒

這齣戲名兒叫《興凱鎮的廚子》

編劇是一個叫桑克的傻小子

他說，戲雖不怎麼樣，可想獻給，獻給……

獻給偉大的狄倫馬特先生在天之靈

1998.11.12

北京師範大學

> 這裡是埋葬我們青春的地方。
>
> ——摘自任洪淵先生語錄

> 雅典是過去智者的住處,如今只有養蜂人給
> 它帶來榮譽。
>
> ——摘自昔蘭尼主教
> 敘涅修斯(Synesius)的信

1.

北京師範大學,我的媽校
簡稱北吃大,意思是這兒的人
都是飯桶,或者說培養高等廚子
是我們義不容辭的責任
據說,這謠言來自北大,他們把
一潭死水叫未名湖,把旁邊的水塔
叫巴別塔,一個叫臧棣的文學博士
寫了一本《燕園紀事》,是關於
本代知識份子的分行編年賬
最新考證,這不是謠言,北大
也是替一小撮歷史學家背黑鍋

他們眼光歹毒，跡似誣衊，形若桃花

讓我等莘莘學子，頭懸樑，錐刺骨

不蒸饅頭爭口惡氣

況且，我在這兒待了七年

四年大本（若非恩典，還要延長一年

像師兄師姊閑得心慌，惹出諸多禍端

例如，搧安徽換雞蛋小妞的耳光

將國務院的大好前程斷送為

江蘇高郵的教書匠，而且是小學

對不起陸宗達先生隔代相傳的武功

我曾去杭州拜見太炎先生紀念館

楊忠師哥、志軍師姐囑我多鞠幾個

深躬，不用盡瘁，心誠則靈

我媳婦兒在一旁耐心觀察

不笑已是天大的面子，她復旦出身

聽說登輝堂早改作相輝堂

啊，時代湖水波連波，波里飛出歡樂的歌

小雅久不做，肚裡沒有貨

說她腹誹必是誅心一黨）

三年……三年學士後，徐江命名

九七大日，我打工的報館填職稱表格

郭姨善意微笑：「那三年可是讀碩研？」
我學姑蘇包不同，瀟灑地說非也非也
只是待業待業，偶爾幫北太平莊商場
推銷亞運會獎券，替鐵獅子墳看家護院
興致高漲，把泡妞的內功廢了
嗚呼哀哉，使詩歌像飛機上的性生活
狂飆突進（這是一條謎語的謎面
猜中成語者獎一年報紙），為二十世紀
中國文學屍添油加醋增彩兒，向文學好萊塢──
斯德哥爾摩嘎嘎新的鈔票挺進──
西南樓北的核桃樹啊，西南樓南的槐
學院南路的刀削麵啊，學二食堂的菜
幾回回夢裡吃到你，雙手摟定尼姑庵
樓下男生看樓上女，大呼小叫快下來
豐年憂米賤，歎息腸內熱
（孤獨站在這舞臺，聽到掌聲響起來
我的淚忍不住掉下來──掉下來──）

2.

「雖然鏡子在一個時期令人生厭，
但女人和書還是訓練了他的中年」
（中年改為大學時代，酷斃了）
這是我的英國導師奧登所說，我自己譯的
發表於《偏移》（1998年6月翻譯專輯），一個
猜火車的青年團夥會刊，他們的錯誤
比起時代校對的錯誤簡直就是美德
在魔術節上玩漏的小把戲（我的可憐的英語
也在這一行列，彷彿謝頂的青春
滿街尋找著理想主義的假髮店）
這讓我想起我的團夥，如今星散各地
嘯聚山林，占山為王，為江湖的複雜性
撰寫黨同伐異的論文（親者痛，仇者快
多少罪惡假正義老人家的大名兒）
他們野性難馴，這應感謝
媽媽們一把屎一把尿的苦心
把獅子墳挖坑養蛤蟆是最厚道的
報答，符合民以食為天的古訓
綠色環保組織的憲章，將之列為頭版頭條

供老師、同學、副教授們參考（太過分了）

教鞭一揮，歷史系的紅旗飄啊

兩個傻波依在跑操啊在跑操啊

（沈浩波的詩啊伊沙的詩

什麼詩啊神仙的虱

是雌虱／辭世啊是雄虱／熊市

顛三倒四罪人的石）

鐵打的宿舍流水的學生，日出而睡，日落而醉

一塊五的葡萄酒，侯馬所購

他在毛澤東雕像下的哈姆雷特獨白

掩護了一代又一代偷青蘋果的

游擊隊員，是偷一軍挎還是一褲腿

這是一個技術問題（燈火昏暗處

薔薇花下死，做鬼也風流）

如今毛澤東的位置被逸夫圖書館取代

讓我等三十多歲的野老暗自傷懷

敲鑼打鼓迎接墳墓（我為小木耳的爸爸

寫辭條，表達我對朦朧詩的崇拜）

我感到生的偶然死的必然

中途是數位化生存的艱難

我是一個容易受傷的男人

看見香山朱楓就眼淚漣漣

大學裡小資產階級來自遼闊的農場

我們後現代運動領導人留學在越南

對知識的畏懼讓我等迷戀

余派老生于魁智的《三家店》

聲腔蒼涼，心存家國之念

而《歡樂頌》作為國際歌距離我等還有多遠

萬水千山只等閒，老夫聊發少年狂

空悲切

1999.2.28.

美杜薩或風月寶鑒

1.

如果沒有拙劣的偽裝成
具有祈福功能的黃色廟宇
淺水灣早該是視野狹窄人士
瞄向天堂的望遠鏡較細的一端

一泓據說清澈如美人眸
的海水，被灰暗的潮濕的
煙霧攪拌機折磨得憔悴不堪
遠處的各位小島像一堆有趣的麻點

我東張西望好像一個
合格的觀光客，但心裡一位
專找彆扭的紳士假裝好心地提醒：
穿飛馬牌皮鞋必須和凡人區別

黃昏漸漸披上煙燻的袈裟
我走下防波堤，閃光燈在身後
像黃臉婆的耳飾折射虛榮的
光彩，海浪則揉搓著細沙的短髮

她的偶然出現讓我大吃一驚
她竟光著腳，竟對海水莫名其妙地
傻笑，我不敢繞過去看她，我從
青銅色的海鏡中看見她白璧無瑕

你好——但願這是她的問候
而不是我替她想出的第一句臺詞
我踢著腳邊的可口可樂罐，為一個
浪漫故事開頭的寫法而感到憂愁

先說姓名，還是先說籍貫
這些多少過於現實而顯得庸俗
還是說說海景……那美妙的海景
已被黃昏的髒胳膊攔腰抱住

我的嘴巴和沉默是多年舊友
偏在此時聊個沒夠，我看起來像個
宮廷怨婦，而事實上是
繼續想像會影響我下一步的旅行

憑什麼說我沒有愛意而只有
冷靜？憑什麼讓我看見她的蛇髮？
哪個歷史學蠢人評價我是勇氣化身？
若有，我的法相就該是又臭又硬的石頭

2.

這的確像博爾赫斯描寫的
迷宮，裡面的一個甚至在複雜性方面
略勝一籌，我開始不知所措，怨恨
那個道士，我甚至懷疑他是和尚假扮

它和我平時接觸的對照物不同
它的後面竟還是一個鏡子，而不是
封閉的水銀披風，此刻對於鏡子
我一無所知，只驚詫於它精美的做工

那個道士，或者和尚，他的咒語
我實際上沒有聽清，但當著家人的面
我用小聰明及時掩飾我的耳朵
早就喪失了吸收塵世聲音的功能

這加強了我眼睛的能力，使我
和自信挽起手臂，我以為美好新世界
即將降臨，而哪裡會想到這竟是
一個把我送向未知的鐵路岔道口

正面的形象是骷髏，這出乎我的意料
但又在意料之中，人生的貨架上本該
有不厭其煩的好貨色，可是壞貨色
往往更有誘惑力，而且包裝精美

我轉過臉去，咳嗽，繼而嘔吐出
骯髒的東西，我乾淨了
而扮反面人物多少恢復了我的活力
反面就有美人，千嬌百媚，一呼百應

癡心的單相思使我飽經倍受嘲笑的
痛苦，他們說我這隻癩蛤蟆想吃天鵝肉
而我僅僅是對虛幻的事物感興趣
我的錯誤不過是竟在大觀園裡找對應物

迷戀這瞬間的快感，使我變成一個道德
教訓的典型，他們無法瞭解我對時間的
認識，瞬間就是百年，艾特瑪托夫
明顯抄襲了我的名句，我要向上帝起訴

但是我的肉體難以承擔這麼
美好的享受，我的臉頰日益接近一隻猴子
（這是向老祖宗致敬）這給家人提供了
糟糕的傳統教育素材：過度想像殺人不眨眼

1999.8.9-14.

一個中年男子的肖像

1.

假如仔細辨認，他的臉上
流露的竟是一種深思熟慮的輕浮
彷彿轉貼的精心炮製的
色情讀物，如果沒有足夠的聰明
很難從這堆豐美的垃圾中找到
樂趣以及那一顆別有用心

2.

他經常給自以為是的社會學穿上
難以發現的俏皮的花衣裳
並在鼻樑上塗一塊白斑，使它
從一個乾巴巴的說教者蛻變成一尊
人見人愛的生意盎然的街頭女郎
親切，大方，並使顧客產生足夠的蔑視

3.

必要時，他把自己搓成一根結實的繩子
他沒有像預想的那樣捆住他和妻子
之間日益擴展的鴻溝，而是反過來
捆住自己，這不僅僅是因為道德的威力
比起它，他更厭倦一個想要逃跑的肉體
作繭自縛，他為這詞的發明者拍巴掌

4.

氣流旋轉，使柳樹的亂髮在陽光
指點下彷彿提前落上了雪花，他覺得
他必須和自己推心置腹地談一談，關於
越來越淡的墨跡，他請教過文物保護專家
他們：我們不好意思說我們無能為力
他：為什麼偏偏要抹黑我掩藏的白肚皮？

5.

說實在的，他很少像傳聞的模樣
喜歡評論日常生活的結構或者優劣
他只是對於打發時間沒把握
以至於必須借重在矯情的文學之夜裡
含情脈脈的月光，甚至在一部
政治影片裡扮演一個流著口水的小角色

6.

照直說──就可製造歷史的轟動效應
當事人在絞刑臺上，唾液構成的觀眾
目光五顏六色，他明白不是所說的內容
讓當事人落入苦境，而是──說的勇氣
而在另一顆行星上，只有白癡才把
這人人皆知的事實當作宇宙的祕密

7.

我們的生活——首先值得懷疑
這個提法其實離他很遠，甚至遠過
一封睡在一千公里外的信，裡面說什麼
他猜得出，但是如果有面對面的機會
他明白他得到的答覆肯定是相反的
這就像他在游泳池中撈影子的遭遇

8.

能夠原諒生活的挖苦，為什麼不能原諒
一個背叛友誼的人？何況他擁有
比馬蒂信奉新教更充分的理由：你不信
我真理在握，你即在歧途！彷彿他是
一頭吃素的老虎，而我們是吃肉的
觀賞植物，根本不該有自己幼稚的想法

9.

當他懂得愛，他也就具有幻想的能力
也就不自覺地和危險作了朝夕相處的
鄰居，每天熱鬧地談論家事，關於天氣
還未變冷的原因——其實去年同期也
討論過這個讓人驚奇的問題。某一天
他竟快樂地發現他已記不住事物的名字

10.

在一對年輕人的婚禮上，他看到年輕人
坐在一起說笑，有一些類似江湖黑話
雖然不懂，但聽上去很美。他知道他屬於
特定的人群，不靠前，也不落後，但他
明顯是不快樂的。他想到自己倉促的
婚禮，也想到外面正在招兵買馬的秋天

11.

關於住房大小，他沒有列入思考程序
這不會干擾他對名譽金字塔的攀登。他前面
人漸稀少，鄰居通過手提電話讚美：這已是
某些家族幾代人的努力。他覺得還是太擁擠
如果只他一個人，或謙虛地加上幾個友人
他會覺得寂寞果真是一種居高臨下的歡樂

12.

如果向他提問，你喜歡過什麼日子？他會說
旅行，讀書（其實仍是印刷品上的旅行）
做夢（這是唯一可以蔑視法律和道德的旅行）
可能還有別的，一時想不出（從來都留有
餘地，他認為這是他最值得別人學習的嚴謹
而別人輕輕哼著鼻子：不入流的老滑頭）

13.

缺少計謀，使他輕易把陷阱請到腳下
他撬著崩散的土粉，仰望臉盆大小的天空
他絕望，對自己進了水的腦袋
如果這些是真的，他為什麼能看清顯微鏡
都難以察覺的葉脈的紋路，以及葉脈下
綠色的血液的暴亂，暴亂蹙起的小小的眉尖？

14.

歷史並不雷同，雷同的是陰謀家的
手段，溫柔而曲折。不知情的局外人
會誤以為是一種調情方法。最壞的下場
不過是掩面痛泣，為一個即將成為
陌生男人情婦的妻子。何況他也有機會
編寫歷史教材，將什麼剔掉，將什麼挖出來

15.

遊山玩水，而不是山山水水，這是
他給自己新書起的名字。他也想過西遊記
可惜他只去過新馬泰。他默念
「紙上得來終覺淺」，但他沒辦法把
自我教育弄得和血統一樣自然。他在書中
遊歷的，遠不如在夢中看到的一星半點。

16.

生存是封建制社會的婆婆，理所當然他是
低眉順眼的兒媳婦，何況將生存換成另外的
字句也同樣適用。關鍵：遭遇相似
受苦，笑嘻嘻的凌辱，命令，還有抹著
蜜糖的陷阱。不如去望春樓，即使同樣苦痛
也有寶貴的自由，一大堆限制的女僕伺候著！

17.

一封手寫的信（而不是閃閃發光的E-mail）
像奇跡，出現在他凌亂的辦公桌中，彷彿

希伯來人看到摩西手捧戒律石板
在紅色石頭氾濫的西奈山上,給他們的前途
帶來受苦受難的好名聲,這樣的比較多少
有些不倫不類,但是命運追殺時全是這副德性

18.

「過河時鞋子濕了,他到處尋找爐子」
他自己往上加注釋:河是忘川,鞋子
是身體一部分的附庸,但他寧願它是
靈魂的綽號,固然有點牽強,但他還是
固執地往上描繪誘惑的花紋,至於爐子
他早已想好恰當的出路:火葬場的爐子嘛

19.

摔幾個不大不小的跟頭他才領略虛偽
和文明的曖昧。「像後院的兩棵樹
一棵是棗樹,另一棵也是棗樹」。
每次他都適時陶醉於主人修辭的技巧
而且絕沒有冷場的可能,當他回到家裡仔細琢磨
卻發現兩小時拜謁沒有任何效果。佩服!佩服!

20.

他看著這個年輕的大放厥詞的女人，他怎麼
也不相信自己曾經抱過她，曾經拉著她軟綿綿的小手
走在植物園人工設計的彎路上，辨別什麼是
牡丹什麼是芍藥，對於她成長中的每一部分知識
他都幾乎瞭若指掌，但是她又在哪裡祕密地受到關於
反叛的教育，把爸爸不叫爸爸，卻叫「該死的秦始
　　皇」

21.

當他還是一個孩子，他曾經生活在鄉村
狗是他的朋友，當它死時，他一邊抱著它
痛哭，一邊用冰冷的小手瘋狂地撥拉
想大快朵頤的成年人，那些正直的成年人
一邊拍著起伏不定的肚皮，一邊晃著鮮豔的糖果
他始終明白他們要什麼，他也知道他為什麼痛哭

1999.8.15-11.3.

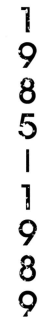

1985
|
1989

一株大樹

一株大樹

貯存著很多能量

長著許多旁枝

改變它的形象

濃厚的葉子

遮住了粗粗主幹

卻把旁枝

留給攝影師的底片

我想摘掉葉子

像秋天的風

它露出炭黑色的容顏

在嶙峋的天中

1985.9.7.

落水的奧菲麗亞

——題約翰·埃弗雷特·米萊斯《奧菲麗亞》

哈姆雷特瘋了
在獨白裡謀殺國王
謀殺他的情侶

奧菲麗亞向後倒去
像沉淪在土地裡
嘴唇歙動著
編織的花環飄散
兩隻手勾曲著
花瓣僵硬得像石片

你的哈姆雷特瘋了
河流成了舒適的床
愁啊愁的是花

哈姆雷特我親愛的
我睡去了
不要王位不要母親
來吧到我這兒來

1985—1989／279

我的優美的花環啊

你別說話

1986.4.8.

無題

顯然某種啟示就要來臨

顯然第二次來臨已經很近

——葉芝〈第二次來臨〉

你快摘下你的帽子

你的帽子上

散滿往昔的積雪

我不怨你

我兀自一人在這裡

等待了你千年

也許我還要等下去

一直等到那場雪融化為水

融化成美的背影

近處那棵古木的中心已成烏有

黛黑的斷枝上拴著我的紅氣球

她已經乾癟了

像一棟充滿陽光的小屋

坍塌了

坍塌了

我的第二次來臨

然而在我枯萎的內心深處

我分明聽見那場雪

向我的門迫近的聲音

猶如我在那一千年裡

無數次聽見你的聲音

那瀕於絕望的幻覺

1987.9.11.

每天早晨的道路

冰涼的水

走過時間凋敝的森林

從坎坷的額角

走至荒蕪的下顎

那股清醒的思想

浸潤著未曾破裂的皮膚

他在一面劣質蛋圓鏡子裡

看到一位蒼老的陌生人

向他張望

向他做著各種各樣的表情

他默不做聲

他知道殘廢的門框

有竊聽的功能

拉開門

就是漫長而狹窄的街

每個行人

都邁著棉花的腳步

向稀奇古怪的目的靠近

他看見電車黑暗的車輪

像古老的唱片

在花哨的晨光指針下面
在他自己錯亂的血液下面
在莫名其妙的電波監測下面
安詳地運轉
安詳地對每一幢規矩的建築
對每一盞失血的路燈
對每一群新鮮的兒童
展示它天真的眼睛

他綻線的皮鞋
載著雜草前夜的夢語
向河的南面
向既定輝煌的內心
向我和你共同的約束
緩緩前行

風，章魚般的手指
握著他樹枝般的手指
那種隔世的溫暖
從每條排水管道
從每方地鐵入口

從每扇打開的靈魂深處

露出它疲倦的笑容

1987.9.22.

關於月關於酒及一些心情

這個時代整個地老了
再老我們也要相逢
我和你，陌生的異鄉之月
如期而遇
面面相覷，無言無語
你，一隻蒼白的眼睛
模糊的光輝，難道
是留給他的？

他在哪裡？

他還喝著蓮花酒，望著樓邊
慘澹的酒旗，一隻大鳥巨翼的
標本，隨腥風蠕動
青竹林像臥虎悲哀地低吟
洞簫悽愴的嗚咽送往遼遠的江心
他還看到你罩著銀袍的身影
跌在光滑的杯子裡
像條黃白的魚
游到哪裡？
冰涼透明的風景

能夠摸到，酷似你

騎著戰馬遙望無邊瀚海的絕望感覺

你，不在乎

那僅是你的身影而已

你，高高在無依無靠之天

有著他羨慕的孤獨

有著他羨慕的自由

江上漁火尚明

琵琶女已絕弦隱沒

他還喝著殘酒

飄逸高古的長袖粘滿污穢

他站起來

他看到樓下水中的你

光白的牆壁柔軟地搖著

水影的精靈在上面滾動

內部無數雙眼睛窺伺著他

他持一把巨大的墨筆肆意馳騁

所有的酒傾吐而出

成為以後滅種的字

我有什麼呢？

月光下的倒影像個偵探
一步不漏地跟蹤著我
我甩不掉
我永遠也甩不掉
兩岸銀杏的黑葉
像張牙舞爪的墓穴迎接著我
戀人相互依偎的詞語像是悼詞
他的酒，他的酒就剩底兒了
你看見，你怎麼不說

1987.11.28.

室內樂

1.

我坐在時間的陰影裡。

街上年輕的你
看
坐在陰影裡的我，
一隻陌生的紅色螞蟻。

我看你，
你背部簡潔明瞭的日光，
你背部昏黃溫暖的言語。

教堂的鐘
此時開始引導你，
用他誘惑的呻吟。
你走進去，
像一枚淡黃的果核，
走進：嘴
明亮的孔穴。

我坐在時間的陰影裡。
你知道麼？
我在認真地看你。

2.

屋內沒有誰。
遠處操場有很多落葉。
落在心外面的祕密，
我不說，
便沒有誰知道。

門球，父親母親的遊戲
和深灰色的腳手架
構成角度。
在這種角度裡沒有我，
我是一種深刻的煩惱。

我走遠了。
我躲進牆上的畫面。
我看門後的你。

你找茶杯的時候，
我看牆。
我知道
你不是看我，
你只是
出於一種已知的習慣。

3.

我喜歡低著頭
和魚
說話。

魚是我寂寞的影子。
他可以游動，
也可以變幻形狀，
而我不能。
我是一株焦黑的樹椿。
我不能動。
雲推我，雨愛我
我也不能。

我只能說話，
我的語言
是你頭頂的紅色草帽，
每一圈的沉默
魚都知道。

我討厭我。
我
經常在幻覺中
脫掉我，
在你周圍
唱情歌。

你微笑撫摸我：
多乖
孩子
你的魚也是我的影子。

4.

他睡了，
一片美的藍夜。

他睡在河上。
河流吻著他的悲哀。

他睡裡夢見我。
我躺在河岸，
我數漫天的星辰。

1988.6.1-2.

夜晚擠壓著我，致命的傷

親愛的
當你揭去
我的面皮
你會發現
一種死亡
一孔即將消逝的
墓穴

我說過
我愛你
就像愛一頓
豐盛的午餐
我是一位愛面子的窮人
我僅僅擁有
腐爛的誓言

我的理想
永遠
如此堅決
風中的水鳥。

從我指尖

飛落的鼓聲。

我蹲在街邊

我看春天的落葉

像可愛的蛆蟲

在藍天的眼睛裡

兀自歌唱

歌唱影子

在水上

行走

我在地下

等你

我是

你的

地獄

耐心是骨灰盒。

我喜歡你

我經過滄海

我不是水

猜測是敲門

親愛的

你知道

這是

不會公演的

戲

它的結尾

你臨終的告白

縫在

我漆黑的紐扣上

夜晚擠壓著

我

致命的傷

1988.4.24.

清幽的飯廳的窗像一扇橫幅

清幽的飯廳的窗像一扇橫幅

面臨著我也面臨著冬天

我注視與我眉尖齊平的燈管

那些光芒和我眼睛的關係

我不必深究

我在懷念路上的愛人

她眼睛裡的景象與我眼睛裡的景象

不盡相同

這成為我和她之間的區別

也成為我們和世界的區別

這世界便是橫幅之上

讓我心驚的部分

1988.12.11.

我要去波羅金諾

我要去波羅金諾，寂靜的雪地和

戰壕

失去聲帶的白樺林

我是你的遺跡或無法收拾的廢墟

這泥濘的土路

我的溫暖成了罪過

1988.12.8.

整個冬天都在床上度過

整個冬天都在床上度過

這不證明生活安逸

因為陽光和夢魘和走調的歌聲之間

都曾發生過戰爭

而且激烈

至今仍聽見稀疏的槍聲鳴響在

九公里以外的田野　同時也

有人在哀悼

手裡攥著一把碧頭火柴

等待黑夜降臨或者停電

1988.12.27.

那天的故事

那天我走到你的對面
那天我在你的背後看你的背
想像你的臉
是笑容還是怒容
那天我沒有看見你
我看見我的心情在所有樓間的
空處
成為一場多年不見的大雪
那天我沒有驚訝或者傷心
這不是因為我不想
而是沒有來得及
車禍就已發生
那天全市救護車都出動了
去拯救你身邊垂危的秋天
那天我不在城內
那天我在鄉村旅店裡看天花板上
隔年的雨痕
屋外是翻過的土豆地
那天實際上我在城內
那天我其實在和你喝酒
那天你面前是一客五毛錢的冰淇淋

那天你說你請我

那天街上根本沒有車禍

那天根本也不曾下雪

那天我還吻過你

那天你就第一次做了新娘

那天我還是做了一個夢

那天你還是老姿勢躺著

你的那些帶子老纏著我

我想翻身都很困難

那天我在夢裡編了一個故事

那天屋外其實颱風了

沒有人敢單獨出門

1989.1.9.

獻給你或自己

請你回到房間

請你回到房間的暗處

把自己想成茶杯

盛滿水或什麼也不盛

把自己穩穩地放在桌上

讓那些水成為照片上的海

或記憶裡不再揚起的波紋

然後把頭輕輕轉向左處

那些粗重的槐香

在鼻孔的馬路上狂逸

這你不能允許

你應想到一種笛聲

像幽藍的牆壁

將你圍成星期刊的訃告中

讓人懷念的人

這時你應表演一下憂傷

以使分離的氣氛濃烈

隨後翻翻上衣口袋

或者藏滿女明星巨照的抽屜

如果有煙就點上

無煙就看看雲

雖然夜很深雲是黑的

這段時間你可以想

秋天　中山公園裡的椅子

上面坐滿金黃的落葉

你應向她問候

然後摟著她的窄肩

一起度過深不可測的界限

想到這裡可以批准自己休息

看看床邊的舊鏡圈兒

或者裹灰的皮筋球

不時讓嘴巴安慰安慰舌頭

生活無限美好

最後必須轟自己上床

躺下以後不再胡思亂想

雖然早上起來

渾身已是綠色的苔蘚

或者綠色的陽光

1989.6.17.

漢斯：第85轟炸機中隊上尉

順著隔離墩，紅色的
那些煙都已白費。
車禍的邊緣依然清晰。
我拄著我的影子
友人一樣的記憶拍著我的後背
不緊不慢。

我在苦難的空軍服役
舷邊，雲的暗綠杉樹
也許還是舊模樣
高高大大，鬆鬆散散
風的處女吻過
便有一陣顫慄

「老漢斯，你的早點」
黃昏的街壘擠滿彌漫彈痕的前胸
什麼也爬不過去。
我的時代，曾經那麼切近；
而今瘋狂的藍色電車和牙膏廣告
將它們徹底拖遠。

我頭頂黑暗的城市

空襲警報以及教堂的晚鐘

令我思念童年的菌

那時在我心裡，她只是

一個異教徒腦海深處上帝的光暈

腳底閃爍不安的星群就是我的目的？

　　就在窄小的盥洗室內

　　放把座椅。

　　牛糞一樣的墨綠卷柏和我蜷縮的十指相似。

　　臨街的餡餅店像戰爭一樣開始打烊

　　積存的隔年落葉

　　猶如我稀疏的頭髮般珍貴。

我翻捲過來

按鈕下的聲音連續

天堂黑白的琴鍵

被我的目光和呼吸駐足

我明白我的不朽的愛情

向虛無求援

冷咖啡待在瓷杯裡。

時間在鐘上。

我還再相信有一個春天。

有個孩子在鋅皮牆下玩彈子。

他叫漢斯。

漢斯：弗雷德姆鎮小學二年級生。

1989.9.10.

沉默吧，我的失去父親的孩子

沉默吧，
我的失去父親的孩子。

請不要相信任何人
包括我也包括你仁慈的神甫：
我將死於一場看不見的戰爭。
炸彈的玫瑰綻放在
柔軟的餐巾和我的前額；
紅色的血和白菜湯
融為一體，
我不得不喜悅地品嘗
這為上帝而唱而上帝
無法聽到的悲歌。

我的失去父親的孩子
我多麼愛你。
你要牢記你的敵人都是
你的朋友；
他們用恨愛你而你不能
用恨回報。
你的窗子會定期浮現

我淒涼的軀體，
我以秋葉的形式為你
暗暗祝福。

我的失去父親的孩子
不要在黑暗的地窖裡
查找蘿蔔的數目
直至陽光將你
從迷夢喚醒。
燃起白色的或紅色的蠟燭
讓心靈隨之明亮
亮如白晝
為什麼就不是白晝？
麻木與悲傷
寒冷與飢餓
都是白晝贈予
你的禮物。

我的失去父親的孩子
沉默吧。
沉默使你在貧瘠的年代

也能豐收；

即使死亡收走你

多餘的骸骨，

你的靈魂也必將落滿

兄弟一樣的溫柔。

我的失去父親的孩子

沉默吧。

儘管你如此從容

儘管你如此優秀

我的失去父親的孩子

我也多麼不願

你的降生，因為

苦難是你唯一的接生婆。

1989.11.11.

我難道還是

我難道還是
那樣的男人？
欲望不怎麼強烈。
在寒風中
也能像樹木一樣
寂靜地站立。
讓別人感覺到
寒冷的冬天。
我對此充滿理解。
我的墳墓
和軍歌下的城市
從哭泣的那一瞬間
就開始營造。
我從來不想告訴誰
這裡面的意義
其實是沒有的。

1989.11.15.

我知道我為什麼

我知道我為什麼失去了喜悅

我也知道表情下面的豐富內容

面對祕密警察、物價和庸俗的流行音樂

我的告誡怎麼不會成為誹謗呢

公共汽車陰暗的燈光下焦灼的面孔

穿著假耐克戴廉價首飾的中國少女

我的父母謹守著土地一樣古老的格言

種自己的地吧

三粒種子會成為一株茁壯的青禾

這就是我所存在的世界

我還想用我的詩歌讚美的世界

擁擠而骯髒的人流在暴風雨的洗劫下

只呈現為一口凝固的濃痰

我多麼不願知道我為什麼失去了喜悅

我也多麼不願知道表情下面的豐富內容

詼諧幽默南腔北調的詩人們啊

你們給子孫留下了什麼

我們用歷史的肉眼永遠也望不盡的深淵

1989.12.27.

詩人怎樣生活

詩人怎樣生活

找到自己，陽光和土地

我和街角穿著藍色羽絨制服的女孩

同時大笑，彼此注視一座正在崛起的建築

我過會兒就要乘十七次特快列車奔向雪國

而她會走向哪裡

在我心中有一片雪野一樣廣闊的猜測

這是我找到的奇妙的生活

1989.12.31.

跋

　　《拉砂路》是一本編年體詩選。對我有所瞭解的讀者可能知道我對時間不僅敏感而且極其重視。因為從某種程度上來說，時間的存在意味著某種刻意追求的真實性的存在。

　　時間是人生的刻度。事實往往就是這麼單純。

　　詩選之中收錄較早的詩是〈一株大樹〉，寫作時間是一九八五年九月七日。在我的記憶之中，它除了在私人空間顯示過之外，沒有在任何一個地方出現過——詩選之中的詩從來沒有收錄在從前正式出版的詩集和詩選之中，部分作品甚至從未面世。

　　我記得寫〈一株大樹〉這天是我來到北京師範大學中國語言文學系求學的第三天，當天是我十八周歲的生日——我對生日向來重視，不是由於自我迷戀，而是由於我個人非常需要再度確認時間節點與個人經驗之間的複雜關係。而且我的本名之中的第二個字就是樹字，它來自於族譜排行，標誌著我在家族之中的輩分，因此一株大樹可能就是一幅關於自我的畫像，之所以說可能而沒有說肯定，是因為這僅僅是我現在才有的清晰認識，當時是怎麼想的日記裡或許有所記錄，但是我不想查閱。我越來越不願意打擾記憶。

　　我不是歷史學者，我沒有記錄歷史的任務。
　　我只是一個詩人，我只負責書寫個人心靈。

　　我開始寫詩的時候是一九八○年，我在那個時候書寫的作品是沒有資格進入這本編年體詩選的。我是一個漸漸成長起來的詩人，所以不可能一出手就是成熟的作品，我需要一個過程。這本詩選體現的當然就是這個過程之中較好的一面。它們確實值得一讀。

　　詩選之中收錄的比較晚近的詩是〈興凱湖的蚊子〉，寫作時間是二○一四年五月十二日，也就是七十六天之前。興凱湖是中俄界湖，與我出生的興凱鎮直線相距六七十公里，那裡風景優美，但是盛夏季節卻生長著不少嗜血的蚊子。我向來喜歡風景，但卻懼怕蚊子。

　　父母離開上海之後就定居在興凱鎮的一間平房之中。興凱鎮並非他們的故鄉，但是他們在這裡以及附近工作和生活幾近半個世紀。房前有一個院落，長著一棵櫻桃樹。我每年都去探望父母和這棵樹。〈興凱鎮的廚子之劇院經理〉則是同名詩劇的節選。

　　這本詩選之所以被命名為《拉砂路》是因為詩選之中含有一首同名作品，寫作時間是一九九二年三月二十四日。它取材於我少年時代和二哥從五連去楊崗挖運砂子的經歷。五連在興凱鎮東面九公里處，楊崗鎮在五連東面九公里處，那裡的穆棱河盛產河砂。詩的副標題或者括弧裡的標題是《拉撒路》，它採用一種非標準的諧音方式，與一個眾所周知的典故有所關聯。我當時是想賦予這首詩以豐富性和精神性──現在看來它

的作用遠遠超越於此。

詩選命名讓我頗費周章，我的想法是從具體篇目之中挑選。在反復閱讀，反復挑選，反復斟酌之後，我確定它的名字非《拉砂路》不可，不僅因為它的語義，還因它發音粗糙。

詩選雖然按照編年排列，但是結構卻是倒置的，把現在作為開始，把過去作為結束。我的設想是從現在推向過去，彷彿記憶的順序就是從現在開始的，彷彿一架攝影機沿著記憶的軌道從中年向誕生地慢慢行進。詩選總共收入一百三十二首詩，按照年代編輯為四個部分：二〇一〇年到二〇一四年，每年七首；二〇〇〇年到二〇〇九年，每年五首；一九九〇年到一九九九年，每年三首；一九八五年到一九八九年，每年分別為一首、一首、三首、五首、七首。數字是特意選擇的，但其實又有即興的成分。

最後謝謝楊小濱・法鐳兄，我到臺北教育大學參加新詩新年峰會暨兩岸一九六〇詩人高峰論壇的時候，他當面向我約稿。謝謝秀威資訊科技公司和李書豪、辛秉學等相關編輯，你們為這本詩選付出的勞動讓我感佩在心。這是我在臺灣出版的第一本個人詩選，因此我也要謝謝臺灣。

桑克

2014年8月6日於哈爾濱柳園

語言文學類　PG1354　中國當代詩典　第二輯11

拉砂路
——桑克詩選

作　　　者/桑　克
主　　　編/楊小濱
責任編輯/李書豪
圖文排版/連婕妘
封面設計/蔡瑋筠

發 行 人/宋政坤
法律顧問/毛國樑　律師
出版發行/秀威資訊科技股份有限公司
　　　　　114台北市內湖區瑞光路76巷65號1樓
　　　　　電話：+886-2-2796-3638　傳真：+886-2-2796-1377
　　　　　http://www.showwe.com.tw
劃撥帳號/19563868　戶名：秀威資訊科技股份有限公司
　　　　　讀者服務信箱：service@showwe.com.tw
展售門市/國家書店（松江門市）
　　　　　104台北市中山區松江路209號1樓
　　　　　電話：+886-2-2518-0207　傳真：+886-2-2518-0778
網路訂購/秀威網路書店：http://www.bodbooks.com.tw
　　　　　國家網路書店：http://www.govbooks.com.tw

2015年10月　BOD一版
定價：360元
版權所有　翻印必究
本書如有缺頁、破損或裝訂錯誤，請寄回更換

國家圖書館出版品預行編目

拉砂路：桑克詩選 / 桑克著. -- 一版. -- 臺北市：秀
　威資訊科技, 2015.10
　　　面；　　公分. -- (語言文學類；PG1354)(中國當代
詩典. 第二輯 ; 11)
　　BOD版
　　ISBN 978-986-326-342-5(平裝)

851.487　　　　　　　　　　　　　　104010953

讀者回函卡

感謝您購買本書，為提升服務品質，請填妥以下資料，將讀者回函卡直接寄回或傳真本公司，收到您的寶貴意見後，我們會收藏記錄及檢討，謝謝！如您需要了解本公司最新出版書目、購書優惠或企劃活動，歡迎您上網查詢或下載相關資料：http:// www.showwe.com.tw

您購買的書名：_____

出生日期：_____年_____月_____日

學歷：□高中 (含) 以下　　□大專　　□研究所 (含) 以上

職業：□製造業　□金融業　□資訊業　□軍警　□傳播業　□自由業
　　　□服務業　□公務員　□教職　　□學生　□家管　　□其它_____

購書地點：□網路書店　□實體書店　□書展　□郵購　□贈閱　□其他

您從何得知本書的消息？

　□網路書店　□實體書店　□網路搜尋　□電子報　□書訊　□雜誌
　□傳播媒體　□親友推薦　□網站推薦　□部落格　□其他_____

您對本書的評價：(請填代號　1.非常滿意　2.滿意　3.尚可　4.再改進)

　封面設計____　版面編排____　內容____　文／譯筆____　價格____

讀完書後您覺得：

　□很有收穫　□有收穫　□收穫不多　□沒收穫

對我們的建議：_____

_____

_____

_____

11466
台北市內湖區瑞光路 76 巷 65 號 1 樓

秀威資訊科技股份有限公司　　　收

BOD 數位出版事業部

....

（請沿線對折寄回，謝謝！）

姓　　名：＿＿＿＿＿＿＿＿＿　年齡：＿＿＿＿　性別：□女　□男

郵遞區號：□□□□□

地　　址：＿＿＿＿＿＿＿＿＿＿＿＿＿＿＿＿＿＿＿＿＿

聯絡電話：(日) ＿＿＿＿＿＿＿＿＿　(夜) ＿＿＿＿＿＿＿＿＿

E-mail：＿＿＿＿＿＿＿＿＿＿＿＿＿＿＿＿＿＿＿＿＿